Chère Lectrice,

En ouvrant ce livre de la Série Harmonie, vous entrez dans le monde magique de l'aventure et de l'amour.
Vous connaîtrez des moments palpitants, vous vivrez avec l'héroïne des émotions inconnues.
Duo connaît bien l'amour. La Série Harmonie vous passionnera.

Harmonie : des romans pour faire durer votre plaisir,
quatre nouveautés par mois.

Un haras du Kentucky

62.

Série Harmonie

MONICA BARRIE

A cœur joie

Les livres que votre cœur attend

Titre original : *A Breed Apart* (62)
© 1984, Monica Barrie
Originally published by Silhouette Books,
division of Harlequin Enterprises Ltd,
Toronto, Canada

Traduction française de : Regina Langer
© 1985, Éditions J'ai Lu
27, rue Cassette, 75006 Paris

Chapitre 1

La bise hivernale et insistante qui remontait d'East River enroulait ses doigts gelés autour de la silhouette frêle de Dina Harwell. Il était presque sept heures en ce soir opaque de février et l'humeur de la jeune femme s'accordait parfaitement avec la nuit lugubre et glacée qui tombait sur la ville.

D'ailleurs, cette soirée-là s'ajoutait à une longue liste d'autres nuits d'hiver tout aussi tristes et solitaires pour Dina. D'habitude, elle aimait aller flâner, à la sortie de son travail, en direction de Gracie Park, vastes jardins suspendus qui surplombaient la luxueuse villa du maire de New York. Le cadre spacieux et vert de ce parc, d'un romantisme imprévu au cœur de la grande fourmilière, apaisait généralement les nerfs à vif de la promeneuse.

Cette fois, pourtant, rien n'y fit. Les yeux de la jeune femme erraient, sans les voir, sur les eaux scintillantes d'East River et le désordre tourbillonnant de ses idées ressemblait aux petites vagues du fleuve, miroitant sous la lumière des réverbères, et qui venaient éclater en mille gouttelettes contre le ciment de la berge.

Pour la centième fois, depuis qu'elle était arrivée à New York, Dina se reposa les mêmes lancinantes questions : pourquoi avait-elle quitté son Kentucky natal pour venir ici ? Et, surtout, pourquoi tout était-il toujours aussi compliqué ?

La réponse à la première question s'interposa, nette et brutale : Dina se trouvait à New York pour tenir la promesse faite à son père. Quant à savoir pourquoi tout était si difficile... Le destin, seul, connaît les arcanes secrets de la chance.

Durant ces dernières années, la vie professionnelle de Dina s'était déroulée, pourtant, sans trop de heurts. Mais on ne pouvait en dire autant de ses amours... Finalement, elle comprenait aujourd'hui que mûrir signifiait aussi apprendre à perdre.

D'un tempérament ardent et sincère, Dina avait ainsi cru que Jason était, comme elle, réellement désireux de partager un amour sans mensonges. A l'époque, la jeune femme travaillait comme conseillère en gestion dans une multinationale. Jason, lui, présentait les actualités dans une célèbre station de radio new-yorkaise et gagnait de ce fait largement sa vie. Tous deux s'étaient fréquentés pendant un an. Dès le début, le jeune journaliste avait sollicité, recherché Dina qui, petit à petit, s'était prise au jeu. Elle s'était habituée à ses attentions, ses soins toujours prévenants, aux sorties régulières dans les meilleurs restaurants, théâtres et autres spectacles de la ville.

Peut-être qu'une trop grande solitude l'avait poussée à se laisser séduire plus que de raison par les prismes du rêve et de l'illusion ? En tout cas, quelques mois plus tard, Dina n'avait pas tardé à comprendre la véritable nature de l'intérêt que lui portait Jason. Après avoir répété à la jeune femme mille serments d'amour éternel, il était devenu son amant. Mais, dès cet instant, il avait brutalement changé de comportement. Il était devenu plus distant, plus négligent, comme s'il se désintéressait de l'objet de son désir dès lors qu'il le possédait.

Dina en eut la confirmation définitive un soir où, attendant Jason pour aller au cinéma avec lui, le téléphone se mit à sonner.

— Dina ? C'est Jason. Désolé, ma chérie, mais j'ai une urgence à la station. Un scoop... Je ne peux pas venir te prendre ce soir.

— Je comprends, avait-elle répondu. Ne t'en fais pas...

Et, en effet, elle comprenait... Un journaliste devait souvent affronter des situations imprévues. C'était même là le sel de sa vie. Alors, pourquoi lui en vouloir ?

Un peu désemparée, pourtant, devant la soirée vide qui s'offrait à elle, la jeune femme décida finalement d'aller seule au cinéma. Il y avait foule devant le guichet. Docile, Dina prit la file d'attente.

Peu de temps après, elle aperçut Jason qui rejoignait, lui aussi, le groupe de spectateurs massés devant le cinéma.

Mais il n'était pas seul. La jolie fille blonde qu'il enlaçait tendrement ne semblait pas être une dernière venue dans sa vie. Dina vit leurs visages se rapprocher, leurs lèvres se rejoindre et la joie illuminer leurs traits.

Le chagrin et la colère la submergèrent et, se dissimulant au mieux parmi les spectateurs, elle essaya de refouler ses larmes. Mais ce fut peine perdue. Il ne lui restait plus qu'à rentrer chez elle, la mort dans l'âme, furieuse autant que désespérée de s'être laissé flouer d'aussi belle manière.

Le lendemain, Jason l'avait appelée, aussi innocent qu'un enfant...

— Tout va bien, ma chérie. Ce soir, je suis libre. Que dirais-tu d'aller à...

Elle ne lui laissa pas le temps de finir.

— Inutile de mentir à nouveau, coupat-elle sèchement. Je t'ai vu hier en bonne compagnie et je n'apprécie guère qu'on me mente. Loin de moi l'idée de t'empêcher de

8

sortir avec qui tu veux mais je ne supporte pas qu'on me prenne pour une idiote.

Il y eut un long silence au bout de la ligne puis Jason éclata brusquement de rire.

— Eh bien... Tu m'as vu... Où est le mal ? Ecoute, Dina : je t'aime beaucoup et, en cela, je ne t'ai pas menti. Mais je ne peux pas me contenter d'une relation exclusive avec une femme. Nous ne sommes plus au dix-neuvième siècle et ce genre de romantisme est plus que dépassé. Essaie de comprendre au lieu de prendre tout de suite la mouche. Moi non plus je ne te demande pas de t'attacher uniquement à moi et...

Elle avait explosé sans même le laisser achever.

— Mais que cherches-tu donc, Jason ? Tu m'accuses d'être possessive mais c'est toi qui ne comprends pas. Explique-moi ce qu'il y a de dépassé, comme tu dis, dans l'attachement que l'on peut éprouver envers un autre être ? Que peut-on trouver de plus ailleurs que ce qui s'exprime dans une relation étroite entre un homme et une femme qui s'aiment ?

A nouveau, Jason se mit à rire.

— Ne me fais pas ce genre de morale, Dina. Le mariage, comme tu as l'air de le sous-entendre, n'est pas pour moi. C'est un engagement intéressant, peut-être, pour qui en ressent la vocation, mais cela n'a rien à voir avec l'amour. Et l'amour, mon petit, n'est pas fait pour vivre enchaîné...

Froidement, Dina rétorqua :

— J'ai pitié de toi, Jason, et je comprends, aujourd'hui, que notre liaison a été une erreur.

— Pourquoi t'obstiner ainsi ? Nous pouvons...

— Non, coupa-t-elle, c'est fini, Jason. Alors adieu, et ne me rappelle plus jamais.

Jamais... Dina savait à présent tout le poids de solitude que ce mot impliquait. Mais elle n'avait jamais regretté sa décision. Le mensonge, la duplicité, le jeu en matière de sentiments n'étaient décidément pas son fort.

Dégoûtée de la ville, de ses artifices, de sa rumeur, elle avait eu envie de tout quitter. Son vrai pays n'était pas New York, mais le Kentucky...

De toute façon, mieux valait ne pas basculer dans une nostalgie stérile. Elle avait promis à son père de venger sa mémoire et se devait de poursuivre son but.

Haussant les épaules, Dina enfonça ses mains rougies de froid dans les poches de son manteau et quitta Gracie Park pour s'acheminer lentement vers son domicile. Elle suivit First Avenue puis York Boulevard et s'arrêta enfin devant l'entrée de son immeuble.

En sortant son trousseau de clés, la jeune femme eut, comme à chaque fois, une bouffée de mépris pour cette ville où il fallait se méfier de tout et de tous. Pas moins de trois clés, en effet, étaient requises pour franchir les portes de sécurité qui protégeaient les locataires d'éventuels agresseurs ou voleurs.

Chez elle, ce n'était pas ainsi.

Chez elle...

Secouant sa torpeur, Dina s'engagea dans le hall en marbre de l'immeuble, prit au passage son courrier et pénétra dans l'ascenseur pour gagner le petit appartement qu'elle occupait à un étage élevé.

Quand elle entra dans le living-room, trop absorbée dans ses pensées, elle n'eut même pas un regard pour le mobilier élégant et discret qu'elle avait choisi pour animer le décor de sa retraite solitaire. Pourtant, la longue table basse en chêne sombre, les deux lampes anciennes en cuivre, les rideaux de crêpe beige et la moquette champagne créaient une ambiance à la fois sobre et raffinée.

Curieusement, d'ailleurs, toute la décoration semblait n'avoir pas d'autre but que de servir d'écrin à un grand tableau qui trônait sur le mur principal. Il s'agissait d'un cheval, magnifiquement saisi dans sa puissance et sa beauté, en pleine course dans une prairie d'un vert étincelant.

Avec un soupir, Dina jeta un coup d'œil nostalgique au tableau et déposa distraitement, sans même le consulter, son courrier sur la table basse. Elle n'avait pas faim et préféra se faire couler un bain chaud pour détendre ses nerfs. Quittant le salon, elle gagna la chambre à coucher, décorée, elle aussi, dans des teintes discrètes et élégantes.

Le lit, la coiffeuse, les boiseries étaient taillées dans le même bois sombre et chaud que le mobilier du salon. Sur la table de chevet, trois photos que Dina chérissait tout particulièrement. La première représentait son père et sa mère, le jour de leur mariage. La seconde était un portrait de la mère de Dina, Laura Harwell, seule et souriant à l'objectif.

Comme elle le faisait à chaque fois, Dina s'approcha des photos et les contempla longuement. Incontestablement, il y avait entre sa mère et elle une ressemblance frappante. Nombreux avaient été les amis qui s'étaient extasiés sur l'extraordinaire similitude de leurs visages : mêmes pommettes, hautes et fermement dessinées, même yeux verts au regard vif et profond, prompts à s'illuminer de gaieté ou à s'enténébrer d'orage... Jusqu'aux cheveux dont la subtile couleur d'un sable chaud était identique chez les deux femmes.

Enfin, la troisième photo représentait le

père de Dina tenant par la bride un magnifique cheval. Celui-là, justement, que représentait le grand tableau du salon.

Un nœud serra la gorge de Dina tandis qu'une vague de chagrin lui remplissait le cœur d'amertume. Elle aurait dû savoir, pourtant, pensa-t-elle en pinçant les lèvres, qu'il valait mieux éviter de remuer ces souvenirs douloureux quand, déjà, elle se sentait d'humeur sombre... Mais rien ne pouvait l'empêcher de contempler encore et encore ces images tant aimées, les images d'un bonheur enfui...

Elle se fit couler un bain chaud et chercha à détendre ses muscles crispés. Mais, dès qu'elle ferma les yeux, le film du passé tourna à nouveau dans sa mémoire le scénario de sa mélancolie. Pourquoi résister davantage ? se dit-elle. Il valait mieux se laisser dériver au gré du chagrin et, peut-être, tout au fond du désespoir, tenter de retrouver un ultime sursaut de courage.

Dina venait de fêter ses vingt ans quand sa mère se tua dans un dramatique accident de voiture. Cela faisait plus de sept années, à présent, que cette disparition était survenue, mais Dina ne parvenait pas à se consoler de la perte de sa plus chère amie, sa complice de tous les instants.

Tout à sa détresse, elle n'avait su, au

début, comprendre que son père traversait, lui aussi, le même tunnel. Ce fut lui qui vint à elle et chercha du mieux qu'il put à épauler sa fille sans afficher, pour autant, une fausse sérénité qui ne les aurait aidés en rien, ni l'un ni l'autre.

Une solidarité étroite renforça encore le lien qui les unissait et Dina parvint lentement à retrouver un peu de son équilibre. Ce fut à ce moment-là qu'elle découvrit enfin que son père avait perdu l'essentiel de lui-même à la mort de sa femme. Tous deux formaient un couple si uni que la mort de l'un brisait une sorte de lien secret qui condamnait le survivant à devenir l'ombre de lui-même.

Malgré tout, le père de Dina défendait courageusement sa dignité et tenait à poursuivre avec la même rigueur ses activités d'entraîneur de chevaux de course. Mais il devenait de jour en jour plus évident que ses forces vives se tarissaient irrévocablement. Dina cherchait de son mieux à l'aider, à le seconder et elle en venait à croire que tous deux pourraient retrouver un semblant de bonheur... lorsque le pire arriva.

Au souvenir de ces événements qui avaient si cruellement marqué sa mémoire au fer rouge, la jeune femme frissonna. Elle sortit du bain et s'enveloppa d'une large serviette puis alla s'étendre sur son lit, dans l'obscu-

14

rité de la chambre. Les images du passé, implacables, reprenaient derrière ses paupières closes leur ronde insolente.

Timothy Harwell, le père de Dina, comptait parmi les plus fameux entraîneurs du Kentucky. Ses méthodes originales, sa patience et sa légendaire complicité avec les chevaux avaient fait de lui une sorte de figure de proue des milieux hippiques. Mais la célébrité a aussi ses revers ; Tim Harwell s'attira maintes jalousies au sein même de sa corporation. Il sut éviter d'enflammer les esprits, se tint toujours à l'écart des controverses et de la course au pouvoir. Pendant ce temps, ses protégés gagnaient les meilleures courses dans les meilleurs temps...

Une seule compétition — très célèbre, celle-là — manquait encore au palmarès de Tim : le derby du Kentucky, course de haut prestige qui réunissait les plus fameuses écuries de tout le pays. Voilà pourquoi, en cette aube de printemps, Tim et Dina se sentaient particulièrement excités à l'idée de voir courir au derby de cette année-là leur meilleur pur-sang : Vivid Dream.

Depuis longtemps, Tim, secondé par son fidèle assistant, Sammy Regan, entraînait également les chevaux de l'écurie Calmerson, un des plus célèbres éleveurs de la région. Vivid Dream figurait parmi les fleurons des Calmerson et Tim espérait enfin prouver au public exigeant et sophistiqué du Grand Prix que ses méthodes de dressage et d'entraînement — souvent critiquées pour leur manque de classicisme mais toujours opérantes — remporteraient le plus éclatant succès.

Dina, à cette époque, était encore étudiante à l'université de Lexington mais elle aimait beaucoup travailler avec son père. Elle adorait les chevaux, les grands espaces et, surtout, savait reconnaître chez un homme aussi droit et sensible que son père la fibre d'un des plus grands entraîneurs du monde. Elle avait appris de lui comment approcher un cheval sans jamais chercher à le dominer mais, plutôt, en essayant de communiquer avec lui par l'affection et l'intuition. C'était le meilleur des dressages...

La longue piste du derby traçait un huit gigantesque sur la prairie émeraude, encore irisée par la rosée du matin. Une petite bise fraîche soufflait de l'ouest tandis que le père et la fille, flanqués du fidèle Sammy, sortaient Vivid Dream de son box et, comme toujours avant chaque course, l'emmenaient sur le terrain afin qu'il pût s'habituer au paysage de la compétition.

Une excitation magique faisait battre le cœur de la jeune fille.

— C'est un gagnant, dit-elle avec enthousiasme à son père. Cette fois, je le sais, il décrochera le derby et tous tes ennemis n'auront plus qu'à se taire !

Tim lui fit un clin d'œil et caressa le cheval qui broncha doucement, comme s'il avait compris ce qu'on attendait de lui.

— Oui, c'est un bon fils, le meilleur même que j'aie jamais eu...

Dina sourit. Pour Tim, ses protégés étaient des enfants et il les chérissait vraiment comme un père.

Plus tard, après avoir fini le tour de piste, ils reconduisirent le cheval dans son box et prirent une légère collation au club-house parmi les autres propriétaires et entraîneurs de la course. Jonathan Calmerson, le propriétaire de Vivid Dream, vint aux nouvelles et l'espoir qui éclairait son visage suffisait à témoigner de la confiance qu'il mettait dans les méthodes de Tim Harwell.

Le temps passa très vite ; une foule élégante et bruissante commença de remplir les gradins. Vivid Dream avait été nourri, pansé, étrillé et attendait l'heure de sa chance. Sammy Regan s'était occupé tout particulièrement du cheval puis avait mystérieusement disparu. Une demi-heure avant la course, Tim s'impatienta.

— Où est donc Sammy ? Je ne le vois plus depuis un bon bout de temps. Il faut préparer Vivid Dream. C'est l'heure...

— Ne t'inquiète pas, dit Dina, je vais le seller moi-même.

Au même moment, Sammy apparut.

— Vous me cherchez, patron ? J'ai dû trouver une autre bride. La première a cassé...

Tim haussa les épaules et Dina sentit la tension monter au sein de leur petit groupe. C'était toujours comme cela avant chaque grande course mais, cette fois, le derby mettait les nerfs de tous à rude épreuve.

— Sammy... souffla la jeune fille, laisse-moi une dernière fois m'approcher de Vivid Dream. Je voudrais le conduire moi-même aux stalles de départ.

Elle caressa l'encolure fière de l'animal et sentit, sous ses doigts, ses muscles contractés et sa peau frémissante.

— Il est nerveux... dit-elle doucement. Est-ce normal ?

Sammy haussa les épaules tout en vérifiant une dernière fois la ventrière.

— Il est comme nous tous, répondit-il, il veut gagner. Il sait qu'on compte sur lui...

Une sonnerie résonna du côté des tribunes. Le moment du départ était arrivé...

La jeune fille tira doucement Vivid Dream par la bride et l'entraîna vers le paddock. Une foule agitée de parieurs discutait avec force gestes à l'entrée de la piste.

— Les paris sont à cinq contre un pour

Vivid Dream, lança Tim à sa fille. Ce n'est pas brillant... Mais on va leur montrer ce qu'il vaut, notre fiston !

Dina sourit et flatta le cheval doucement tandis qu'il la suivait au milieu du tumulte général. A un moment, il se cabra, comme brusquement effrayé par quelqu'un ou quelque chose, ou encore comme s'il avait été piqué. Dina pensa que c'était une réaction de peur vis-à-vis de la foule et ne s'inquiéta pas outre mesure.

Ah ! Si seulement elle avait su ce qui se passait réellement !

Le petit groupe gagna le paddock où les jockeys attendaient leurs montures et Vivid Dream fut libéré de sa couverture sur laquelle flamboyait le blason coloré des Calmerson. Tim le flatta une dernière fois.

— Maintenant, murmura-t-il, c'est à toi de faire le reste...

Puis, en compagnie de Dina, il s'éloigna pour gagner les gradins.

Pendant ce temps, un nouvel incident, dans les stalles de départ, signala la nervosité croissante de Vivid Dream. Il se cabra, faillit désarçonner son cavalier puis on échangea sa place avec un autre cheval, afin d'éviter tout risque d'incompatibilité et de retard.

Suivant des yeux la scène avec ses jumelles, Tim pinça les lèvres.

— Je ne comprends pas, observa-t-il, l'air soucieux. Jamais Vivid Dream n'a été aussi nerveux, même avant une course. Que se passe-t-il donc ?

Dina chercha à l'apaiser.

— C'est cette foule... Il n'a pas l'habitude.

Tim ne répondit pas. Au même moment, le coup d'envoi fut donné.

— Regarde ! cria Dina en désignant le tableau d'affichage des paris. Vivid Dream vient de passer à quatre contre un !

Le voilà seul contre trois solides favoris... pensa-t-elle. C'était un beau défi à remporter. Au même moment, un murmure d'excitation commença d'agiter la foule qui, bientôt, se dressa sur les gradins en criant de plus en plus fort.

Comme de juste, les trois chevaux favoris étaient partis en tête mais, très vite, Vivid Dream remontait à la corde. Il gagna une place, puis deux, puis trois... Une nouvelle clameur monta de la foule. Vivid Dream était en tête ! L'écume moussait au coin de ses lèvres et sa peau luisait de transpiration. Il s'élançait, magnifique, aérien, sur l'océan vert de la piste. Dina serra les mains sur son cœur. Elle aussi avait envie de crier de joie !

La ligne d'arrivée fut franchie et le speaker annonça aussitôt :

— Vivid Dream vient de gagner le derby et remporte, en même temps, un nouveau

20

record de vitesse. Pas de photo. Premier : Vivid Dream, deuxième : Ambassadeur, troisième : Lady Dame, quatrième : Touché... Les résultats seront affichés dès que les temps auront été officiellement enregistrés.

Déjà, Tina et son père se pressaient vers le paddock lorsqu'ils entendirent une nouvelle et sensationnelle annonce :

— Un instant, mesdames et messieurs ! Je viens d'apprendre qu'un contrôle vétérinaire a été exigé par l'inspecteur des courses. Aucun pari ne sera payé avant conclusion de l'enquête !

Aussitôt, une rumeur inquiète monta du public tandis que Dina se tournait, abasourdie, vers son père.

— Mais... Qu'est-ce que cela signifie ?

La mâchoire serrée, le visage blanc comme la mort, Tim répondit d'une voix contenue :

— Nous allons voir. Je n'y comprends rien.

Dans le paddock, Jonathan Calmerson attendait de pied ferme son entraîneur.

— Il paraît que les trois favoris sont restés très en dessous de leurs possibilités habituelles, expliqua-t-il, l'air soucieux. Les propriétaires se sont alertés et exigent une expertise vétérinaire.

Tim serra les poings.

— Les imbéciles ! Ils ne veulent pas reconnaître leur défaite ! Vivid Dream est le meilleur, voilà tout !

En silence, le petit groupe attendit que l'équipe vétérinaire examine les chevaux et fasse les prises de sang. Quand, enfin, l'inspecteur des courses s'approcha d'eux, Dina sut immédiatement, en voyant l'expression de son visage, qu'il se passait quelque chose d'anormal.

— Mauvaise nouvelle... expliqua-t-il. Les trois favoris ont été dopés aux tranquillisants pour limiter leurs performances.

— Comment ! s'exclamèrent en chœur Dina, Tim, Sammy et Calmerson.

L'inspecteur hocha la tête en leur lançant un regard soupçonneux.

— Et ce n'est pas tout. Vivid Dream, quant à lui, a reçu une forte dose d'amphétamines avant la course. Inutile de vous dire que les quatre chevaux sont disqualifiés. Touché devient le gagnant...

— Non ! cria Dina, les larmes aux yeux.

Calmerson murmura quelques injures bien senties tandis que Tim demeurait silencieux.

— Papa... insista Dina, dis-leur, mais dis-leur donc que c'est impossible ! Jamais tu...

Il se tourna calmement vers elle et lui prit la main.

— Laisse, ma fille. Les tests ne mentent pas. Il s'est passé quelque chose.

Quand ils regagnèrent le box de Vivid Dream, les nouvelles qui les attendaient étaient encore pires. On avait trouvé des ampoules d'amphétamines dans le box et, cachée dans ce qui servait de petit bureau provisoire à Jonathan Calmerson, une liasse de billets gagnants d'une valeur de trois mille dollars. Et tous pariant, naturellement, sur Vivid Dream...

D'un seul coup, cette éclatante journée de printemps basculait dans l'horreur.

Tim fut bousculé, conspué, tandis que l'enquête ordonnée par le secrétaire général des courses concluait à l'escroquerie, au doping et à la fraude sur de faux billets gagnants...

Tim Harwell fut radié du Jockey Club et de l'Association nationale des éleveurs et dresseurs.

Ce fut un choc dont il ne se remit jamais...

Dina savait bien, pourtant, qu'il était innocent mais elle savait aussi que ses brillantes et originales méthodes de dressage et d'entraînement avaient fait plus d'un jaloux.

Le monde des courses est un milieu qui peut se montrer impitoyable lorsque de lourdes sommes d'argent sont en jeu...

Tim demeurait, aux yeux de sa fille, le plus honnête des hommes... Malheureusement, il ne lui fut pas possible de prouver son innocence. Dans les semaines qui suivirent le derby, il perdit aussi son emploi aux écuries Calmerson et son abattement eut raison des trésors d'énergie et d'endurance qu'il avait su témoigner jusque-là.

Sa licence lui fut supprimée et il se retira définitivement du milieu des courses, sans plus consentir à revoir quiconque — sauf, bien sûr, sa fille bien-aimée. Mais, quoi qu'elle fît, elle ne parvenait plus à ranimer une étincelle de vie chez cet homme qui, après la mort de sa femme, venait de perdre le seul bien qui lui restait encore : sa dignité et sa compétence sur le plan professionnel. Il passait son temps assis dans un fauteuil, à contempler, sans les voir, les prairies tendres du Kentucky dont les couleurs changeaient au rythme des saisons.

Un jour, Dina revint de l'université pour lui annoncer qu'elle avait décroché son diplôme de gestion avec mention. Ce fut comme si tout ce qui retenait encore Tim sur la terre venait définitivement de disparaître. Rassuré maintenant sur l'avenir de Dina, il lui serra fortement la main, sans même pouvoir murmurer une seule parole. Mais la jeune fille le savait heureux et fier.

Deux mois plus tard, il eut une brusque attaque et s'effondra un jour sur le sol. Affolée, Dina se précipita vers lui et, voyant son visage exsangue, balbutia :

— J'appelle une ambulance. Ne t'inquiète pas...

Les yeux fermés, Tim fit un violent effort pour parler.

— Non... souffla-t-il péniblement. Appelle le Dr Thurston...

Un court moment plus tard, le médecin de famille arrivait de toute urgence et aidait Dina à transporter Tim dans sa chambre. Il lui fit une piqûre et, tandis que le malade se reposait, entraîna la jeune femme dans une autre pièce.

— Pourquoi ne veut-il pas qu'on l'emmène à l'hôpital ? murmura-t-elle, les larmes aux yeux.

Le vieux médecin posa affectueusement une main sur son épaule.

— Dina, soyez courageuse. Votre père est à l'agonie. Il souffre depuis trois ans déjà d'un cancer généralisé mais ne voulait pas que vous le sachiez avant d'avoir fini vos études. A présent, c'est une question de jours...

Brisée par le chagrin, Dina entendit comme dans un rêve le médecin lui faire le récit de la longue maladie de son père. Tim se savait condamné depuis longtemps mais cherchait, comme toujours, à épargner sa fille. A présent, il se sentait le droit de mourir.

Deux mois plus tard, en effet, il expirait.

Dina savait très bien que ce n'était pas seulement le cancer mais aussi le cruel affront reçu le jour du derby qui avait eu raison de sa vie.

Sur sa tombe, tandis que quelques rares amis, Sammy et le Dr Thurston essayaient vainement de la réconforter, Dina jura à son père que sa mémoire serait vengée. « Je trouverai ceux qui t'ont fait accuser à tort, pensa-t-elle, et ils paieront, je te le jure ! »

Six mois plus tard, Dina vendit la maison de Lexington et quitta le Kentucky pour s'installer à New York où elle trouva un poste assez rapidement, grâce à ses solides qualifications universitaires.

Son salaire s'était accru régulièrement et, aujourd'hui, elle parvenait à mettre suffisamment d'argent de côté pour espérer prendre, sans trop tarder, le sentier de la guerre...

Les larmes, à présent, coulaient librement sur ses joues tandis qu'elle se redressait sur son lit et massait ses tempes douloureuses.

Le courrier... Elle n'avait pas encore pris la peine de le consulter.

Dina se dirigea vers le salon et examina les enveloppes. Hormis deux factures et un message publicitaire, seule une lettre lui parut digne d'intérêt. Elle provenait du Cercle régional hippique du Kentucky et l'informait, comme c'était de rigueur pour chacun de ses membres, des nouveaux cours d'achat et de vente des poulains, ainsi que de la date des ventes.

Elle parcourait distraitement la liste des chevaux quand elle sursauta : un nom venait de la surprendre.

Aussitôt, elle sut ce qui lui restait à faire.

Cinq minutes plus tard, elle décrochait son téléphone et composait le numéro du cercle hippique. Son cœur battait la chamade et, lentement, un sourire vint éclairer ses traits crispés. Cette fois, enfin, l'heure avait sonné. Elle allait repartir dans le Kentucky.

Elle, Dina Harwell, digne fille de son père, allait acheter un cheval, un pur-sang de deux ans encore non entraîné. Forte de l'enseignement que Tim lui avait longuement prodigué, elle se sentait tout à fait capable d'en faire un champion et de prouver ainsi au monde entier que les méthodes de son père étaient encore ce qu'elles avaient toujours été : rigoureusement honnêtes et... performantes !

Chapitre 2

« CERCLE RÉGIONAL HIPPIQUE DU KENTUCKY

« Ventes de février : pouliches, yearlings, deux-ans et pur-sang...

« Propriété des Haras Calmerson.

« Agence Lockman pour la supervision des pedigrees et les inscriptions au Bureau de contrôle des élevages de courses.

« A vendre :

« Poulain mâle, deux ans, non dressé.

« Fils de Vivid Dream et de Sheer Pleasure.

« Né le 17 juin 1982. Sans nom.

« Beauté Folle, yearling pur-sang.

« Fille de Dark Kristal et de Tonnerre de Feu.

« Née le 24 août 1983. »

Tony Chandlor reposa le programme de vente sur son bureau et interrompit sa lecture. Il fit pivoter son fauteuil et contempla d'un air pensif les lumières de New York qui clignotaient à ses pieds à travers les larges baies de son bureau.

En fait, ses pensées l'absorbaient tant qu'il restait insensible à la beauté obscure et un peu inquiétante de ce paysage citadin. Mille arguments contradictoires agitaient son esprit...

Comme libéré par un invisible mécanisme, le film de sa vie se déroulait brusquement dans son esprit à la vitesse de l'éclair.

Depuis qu'il avait quitté l'université, Tony n'avait enregistré que des succès. Travaillant fiévreusement à assurer sa réussite, il s'était taillé la part du lion dans le domaine de l'industrie du sport.

Fils d'un riche banquier de Lexington, une tout autre carrière l'attendait pourtant au sortir de ses études commerciales. Adam Chandlor, son père, désirait ardemment le voir faire son chemin au sein de la prospère banque familiale. Mais, depuis qu'il était adolescent, un conflit de personnalité opposait Tony à son père.

Il s'était fait une loi de prendre le contrepied de tout ce que Adam Chandlor envisageait pour lui... Peut-être ce conflit provenait-il d'une trop grande similitude de caractères entre les deux hommes ? Adam Chandlor, représentant de l'une des plus riches dynasties familiales du Kentucky, aimait imposer sa volonté dans ses affaires comme en famille. Il savait d'ailleurs se montrer autant un père généreux qu'un financier compétent. Mais Tony n'avait pu supporter le conformisme pesant de cette éducation.

Son avenir ne regardait que lui, répétait-il farouchement à qui voulait l'entendre. Et il se faisait fort de prouver à son père qu'il n'était pas seulement l'héritier des Chandlor mais aussi un homme indépendant au caractère trempé qui savait prendre seul les décisions fondamentales de sa vie...

Pourtant, aujourd'hui, à trente-deux ans, il manquait encore une pièce au succès qu'il avait su patiemment construire au long de sa jeune carrière. Certes, Tony était à présent le directeur envié d'une des plus rentables fabriques d'articles de sport et de matériel de compétition.

Cependant, il restait un dernier défi à relever. Depuis l'aube des temps, la dynastie Chandlor possédait des écuries de courses et, dès sa plus tendre enfance, Tony avait vu son père acheter les meilleurs pur-sang et louer les services des entraîneurs les plus compétents pour remporter maintes victoires dans les plus célèbres courses des U.S.A. Mais là, il s'agissait d'un domaine réservé au seul orgueil paternel et jamais Tony n'avait pu persuader son père de le laisser prendre un minimum de responsabilités dans le choix des étalons, des yearlings ou des méthodes d'entraînement.

Bien sûr, le jeune homme avait bien tenté de se rapprocher des entraîneurs employés par son père et d'apprendre auprès d'eux les secrets de la profession. Mais il s'était vu accueillir avec une froideur méfiante et une politesse exagérément distante, ce qui démontrait une fois de plus que le jeune Chandlor n'était, aux yeux de tous, qu'un fils à papa, bien trop gâté par la vie pour comprendre quoi que ce soit au rude monde des courses...

Ce fut cette dernière révélation qui accéléra la prise de conscience de Tony. Il fallait qu'il parte, qu'il quitte son Kentucky natal pour prouver ailleurs ce dont il était capable.

C'était il y a dix ans de cela et, aujourd'hui bien sûr, sa réputation dans le monde des affaires et sa compétence n'étaient plus à démontrer.

Restait une ultime revanche à prendre...

Le programme de ventes au Cercle régional hippique arrivait à point nommé. A présent, l'heure était venue de prendre une décision. Parmi les poulains de bon pedigree inscrits au registre, le fils de Vivid Dream paraissait l'emporter en qualités prometteuses. Certes, Vivid Dream avait été disqualifié au derby pour doping mais ses origines semblaient excellentes.

Quant à la mère du poulain, Sheer Pleasure, c'était une habituée des premières places. En achetant ce deux-ans de bonne souche, Tony espérait préparer ainsi à son père une surprise de taille quand son champion arriverait gagnant aux plus célèbres épreuves de la région...

Il appuya sur une touche de l'interphone pour se mettre en rapport avec sa secrétaire.

— Judith ?

— Oui, monsieur Chandlor ?

— Réservez-moi une place, en première classe, sur le vol New York-Lexington de vendredi soir.

Il y eut un petit silence étonné dans l'interphone.

Depuis plusieurs années qu'elle était la collaboratrice compétente et solidaire de Tony, Judith Sharp savait mieux que quiconque le conflit latent qui l'opposait à sa famille. Tony ne se rendait guère dans le Kentucky, et encore moins dans la maison familiale...

Pleine de tact, elle finit par demander :

— Dois-je aussi réserver un hôtel, monsieur ?

De toute évidence, Judith se refusait à croire que son patron retournerait habiter chez... ses parents ! Bien sûr, il n'aurait pas été repoussé par les siens, mais c'était compter sans l'orgueil légendaire des Chandlor, père et fils...

Tony éclata de rire, comme toujours émerveillé par la perspicacité de sa secrétaire.

— On ne peut rien vous cacher, Judith. Réservez-moi donc une chambre au Regency Palace.

— Une affaire à conclure dans le Kentucky, monsieur ?

Manifestement, Judith ne parvenait pas à se convaincre...

— Non, rétorqua Tony avec un demi-sourire. Un défi à relever...

— Voici votre ticket, mademoiselle. Le vol pour Lexington partira dans dix minutes. Porte vingt-deux.

La jeune fille soupira, comme si un énorme fardeau venait brusquement de glisser de ses épaules. Enfin... Elle revenait au point de départ et jouait la carte de la dernière chance. Bien sûr, il restait encore d'énormes difficultés à vaincre et... le cheval n'était même pas acheté !

Pourtant Dina se sentait un courage si grand qu'elle aurait même été prête à traverser des montagnes s'il l'avait fallu.

L'aéroport de La Guardia, dans la périphérie de New York, bruissait de monde, comme toujours à la veille du week-end. Une foule cosmopolite et joyeuse s'apprêtait à oublier pour deux jours la grisaille de la ville.

Quand Dina eut franchi le sas de sécurité qui décelait au rayon laser tout objet métallique suspect, elle récupéra son sac de voyage à main et gagna la porte vingt-deux, la tête encore pleine de pensées tourbillonnantes.

Cela n'avait pas été trop difficile d'expliquer à son patron qu'elle prenait plusieurs jours de vacances pour obligations familiales... Il connaissait assez le sérieux de la jeune femme pour deviner que ses raisons étaient solides.

Puis Dina avait filé droit à la banque pour liquider son compte et encaisser un chèque de dix mille dollars qui, elle l'espérait du moins, suffirait à couvrir les frais d'achat et d'entraînement du cheval, ainsi que ses dépenses courantes à elle. Toutes ses économies... De plus, on lui garantissait un crédit ouvert jusqu'à une somme substantielle, ainsi que le transfert immédiat des avoirs demandés à une banque de Lexington.

Cette fois, Dina jouait le tout pour le tout. Si elle échouait dans sa mission — éventualité qu'elle ne voulait même pas envisager... — elle se retrouverait pauvre comme Job.

Une voix dans le haut-parleur annonça le vol et appela les derniers passagers. Bientôt, le petit groupe des voyageurs fut acheminé par une hôtesse jusqu'au Boeing et, quelques minutes plus tard, Dina cherchait sa place, l'esprit encore distrait par ses projets.

Ce fut sans doute à cause de cela qu'elle ne remarqua pas l'attaché-case posé par terre, en plein milieu de l'allée centrale. Brusquement déséquilibrée, elle vacilla et partit la tête la première vers une rangée de sièges... Au dernier moment, pourtant, deux mains solides la retinrent par la taille.

Le souffle coupé, la jeune femme se redressa et considéra, d'un air furieux, son... sauveur qui, manifestement, était aussi le propriétaire du coupable attaché-case... Mais, dès que les yeux de Dina se posèrent sur le visage de l'homme, son cœur se serra brusquement. Dieu qu'il était séduisant avec ses cheveux d'un noir profond, ses yeux gris légèrement moqueurs et le fin dessin de ses traits. Son visage reflétait en même temps une extrême sensibilité et une indéniable force de caractère. Cet homme n'était pas seulement beau, il rayonnait d'intelligence et de charme.

Ils restèrent un long moment immobiles, comme pétrifiés par l'impact de leur rencontre... Les mains toujours posées sur la taille de Dina, Tony s'aperçut qu'elle était presque aussi grande que lui et la ligne élégante et élancée de sa silhouette lui parut infiniment séduisante. Avec ses cheveux d'or sombre,

36

ses yeux en amande et l'expression impérieuse de son visage racé aux pommettes hautes, elle lui semblait d'une séduction percutante.

Mais le moment d'enchantement ne pouvait s'éterniser sans que les convenances ne s'en trouvent sérieusement dérangées... En recouvrant ses esprits, Dina fit un brusque pas en arrière et faillit retomber sur le fameux attaché-case. Troublée, énervée de s'être montrée si vulnérable, la jeune femme prit un ton mordant pour s'adresser à son interlocuteur.

— Comment pouvez-vous laisser ce... cet objet traîner ainsi en plein milieu de l'allée ?

Elle vit aussitôt la lueur malicieuse qui éclairait les yeux gris disparaître pour faire place à un éclair glacé tandis que son visage perdait son expression chaleureuse et enjouée.

— Je suis désolé, rétorqua sèchement Tony, surpris par ce brusque accès de mauvaise humeur chez la jeune femme. Autant que je sache, j'ai pu vous rattraper avant que vous ne vous cassiez une jambe...

Saisissant sa petite valise, il la glissa sous son siège et se rassit, sans un regard pour Dina qui se mordit la lèvre, agacée. Pourquoi donc s'était-elle emballée aussi sottement ? Ce n'était pas la peine d'en faire un drame. Peut-être bien que le charme inattendu de ce beau voyageur avait quelque chose à voir avec son trouble... Mais mieux valait ne plus y penser. Les préoccupations qui encombraient son esprit comptaient plus qu'un vulgaire incident de couloir...

Fièrement, elle releva la tête, alla rejoindre sa place et se laissa dériver à nouveau dans sa longue rêverie.

Déjà, elle savait comment elle appellerait son champion. Il serait baptisé... Vengeur.

Un nom tout trouvé pour réhabiliter l'innocence de son père.

Pendant ce temps, Tony, tout aussi songeur, regardait les lumières bleues et vertes de l'aéroport à travers le hublot. Bientôt, le commandant de bord annonça leur départ, pria les voyageurs d'éteindre leurs cigarettes et de boucler leurs ceintures.

Quelques minutes plus tard, le Boeing décollait en vrombissant. Les lueurs de Manhattan tracèrent des arabesques dorées sur la surface mauve de la ville et Tony pensa que c'était encore à cette distance qu'il aimait le mieux New York. Vue d'en haut, la monstrueuse cité paraissait féerique et ensorceleuse. Mais, dès qu'on se retrouvait dans les rues noires de monde, au pied des gratte-ciel gigantesques, le rêve devenait vite cauchemar.

Rien de comparable, évidemment, avec les vastes prairies du Kentucky et l'air parfumé des magnolias et des tilleuls qui remplissait les douces soirées de printemps...

Mais New York, c'était aussi une ville où les femmes savaient être belles. Toujours très sophistiquées, bien sûr, et souvent plus artificielles que réellement séduisantes. Pas comme cette voyageuse au si mauvais caractère, pensa-t-il avec une pointe d'ironie. Elle, elle possédait une beauté farouche, presque sauvage, qui ne dépendait en rien du maquillage ou des faux accessoires...

Il se retourna d'un quart de tour vers l'arrière du cockpit et surprit le regard de l'inconnue fixé sur lui. Elle rougit aussitôt et fit mine de se concentrer sur le paysage à travers le hublot. Mais Tony ne fut pas dupe. Il aurait juré que, elle aussi, continuait de penser à l'incident et... s'intéressait un peu à lui !

Ah... Et puis foin de tout cela ! décida-t-il avec un rien de mauvaise humeur. Sa condition de célibataire lui paraissait bien trop enviable pour qu'il risque de se compliquer l'existence à cause d'une étrangère au regard d'émeraude !

Ne venait-il pas de rompre avec sa fiancée, Allison Sanders ? Il était temps ! L'énergie possessive de cette femme fatale aurait bel et bien transformé la confortable solitude de Tony en prison dorée...

Il força ses pensées à changer leur cours et

s'absorba dans la lecture de son journal tandis que, à trois rangées de là, Dina, épuisée par toutes les émotions de ces jours passés, basculait lentement dans le sommeil.

Deux heures plus tard, l'avion atterrissait sans encombre sur la piste de Blue Grass Airport, dans les environs de Lexington.

Dès qu'elle fut en haut de la passerelle de l'avion, Dina respira à pleins poumons l'air vif du soir. Les nuits de février étaient fraîches dans le Kentucky mais le climat, à la fois sec et franc, lui paraissait infiniment plus supportable que la pollution lourde et humide de New York.

Enfin, elle était de retour au pays...

Quelque temps plus tard, après avoir attendu pour récupérer sa valise, Dina se dirigea vers l'unique station de taxis. Hélas ! La dernière voiture disparaissait au détour de la glissière qui menait à la sortie des parkings...

Dans sa précipitation, elle courut pour faire signe au chauffeur et, une nouvelle fois, trébucha sur ce qui ressemblait fort à... un attaché-case !

Comme dans l'avion, deux mains puissantes empêchèrent ce déséquilibre de tourner au désastre. Pivotant sur elle-même, les joues en feu, Dina affronta le même regard gris et moqueur...

Cette fois, c'en était trop ! pensa-t-elle avec

rage. Il fallait encore que ce maudit passager se trouve sur sa route pour jouer les importuns et lui faire rater le dernier taxi !

Déjà, elle ouvrait la bouche pour lui dire tout le bien qu'elle pensait de lui et de son maudit attaché-case quand il l'interrompit avec une nonchalance appuyée :

— Inutile... Je sais déjà ce que vous allez me lancer à la figure...

Un éclair de malice traversa ses yeux et rendit Dina plus furieuse encore. A la vérité, plus contre elle-même que contre ce garçon bien trop charmant à son goût !

— Je crois, reprit-il, que le destin désire absolument que nous fassions connaissance. Je m'appelle Tony Chandlor. Et vous ?

Dina le fixa un instant en silence et sentit sa mauvaise humeur fondre comme neige au soleil devant ce sourire enjôleur et ce visage à la fois tendre et fier.

Mais les années passées à New York avaient appris à la jeune femme à se méfier de tout le monde... et surtout des beaux étrangers...

— Et moi, je m'appelle Dina Harwell, dit-elle finalement, bien à contrecœur.

Tony s'inclina légèrement.

— Enchanté, mademoiselle Harwell. Puisqu'il n'y a plus de taxi en vue, je vous suggère d'accepter ma proposition de vous déposer où vous voulez.

Il désigna une voiture de location qui les attendait, à deux pas de là. Déjà, il s'apprêtait à soulever la valise de Dina lorsque celle-ci, effrayée par la rapide tournure des événements, balbutia :

— Je... Non. Ecoutez, monsieur Chandlor...

Il eut un petit soupir résigné et reposa la valise sur le sol. Très lentement, en détachant les mots, comme s'il parlait à une enfant demeurée, il articula :

— Mademoiselle Harwell, nous ne sommes plus à New York mais dans le Kentucky ! Et je n'ai aucune intention malveillante à votre encontre. Cela vous suffit ?

Elle eut un pâle sourire et sentit ses appréhensions céder quelque peu devant tant de conviction.

— C'est bon, soupira-t-elle. Mais je vous préviens que je vais au cœur de Lexington, au Regency Palace...

Tony leva un sourcil moqueur.

— Comme c'est curieux... C'est là que je descends, moi aussi !

Quelques minutes plus tard, il conduisit la voiture le long des parkings obscurs de l'aéroport jusqu'à l'autoroute qui filait sur Lexington. La pluie s'était mise à tomber et Dina regardait les essuie-glaces balayer les trombes d'eau à un rythme saccadé. Elle se sentait lasse et excitée à la fois. Et si heureuse d'être de retour chez elle...

Bien sûr, elle n'avait plus sa maison mais ce n'était plus cela qui comptait.

Tout ce qui importait, à présent, c'était de faire de Vengeur le plus grand de tous les champions !

— Toujours fâchée ?

Les yeux rivés à la route, Tony avait parlé d'un ton quelque peu sarcastique. Jusque-là, tous ses efforts de conversation étaient restés vains.

Dina se tourna à demi vers lui.

— Non, évidemment... répondit-elle. Pardonnez-moi de m'être un peu emportée tout à l'heure, mais j'étais fatiguée.

Il sourit, soulagé, et des petits plis apparurent aux coins de ses yeux, prêtant à son visage une expression tendre et attachante. Mais, aussitôt, Dina détourna son regard pour ne pas se laisser entraîner à un quelconque jeu de séduction. Elle avait bien assez à faire sans s'encombrer, en plus, d'une pseudo-histoire d'amour !

Bientôt, ils gagnèrent le centre de la ville et Tony se gara enfin devant l'hôtel Regency. Sans plus attendre, Dina prit sa valise et se glissa comme un lièvre hors de la voiture en murmurant des remerciements plus que précipités.

— Eh ! cria son chauffeur de fortune. Vous

n'avez donc même pas le temps de prendre un verre ?

Mais, déjà, elle agitait la main en signe de reconnaissance et s'engouffrait dans le hall de l'hôtel.

Agacé, Tony haussa les épaules.

Tu ne vas pas te laisser mener par le bout du nez par cette petite fille... se gourmanda-t-il, moqueur. Après tout, il restait assez de jolies filles, à New York ou ailleurs, pour oublier celle-ci sans plus attendre.

Quelques instants plus tard, pourtant, quand il s'approcha du comptoir de la réception pour y prendre la clé de sa chambre, une idée lui traversa soudainement l'esprit.

— Ah... Au fait, déclara-t-il avec assurance à l'employé, je suis un ami de Mlle Harwell et j'ai oublié le numéro de sa chambre. C'est le 257, n'est-ce pas ?

Le réceptionniste secoua la tête en souriant.

— Vous faites erreur, monsieur Chandlor. C'est le 315...

Tony lui répondit par un clin d'œil et s'éloigna en sifflotant.

Mais pourquoi donc, bon sang, s'intéressait-il tant à cette jeune femme ?

Chapitre 3

Dans sa chambre, au troisième étage du Regency, Dina s'était fait couler un bain très chaud et réfléchissait à l'organisation de son programme.

D'abord... Revoir l'ancien assistant de son père, Sammy Regan. Puis, s'informer au mieux de la condition physique du cheval. Un examen vétérinaire approfondi s'avérait nécessaire. Restait à espérer que la vente aux enchères ne dépasserait pas ses estimations. Sans quoi, elle pourrait bien se retrouver sur la paille !

Mais, au-delà de ses pensées, un visage un peu moqueur ne cessait d'apparaître : celui de Tony Chandlor, le séduisant voyageur plein de prévenance et d'humour mais dont, justement, le charme irritait Dina car elle se sentait bien trop fragile devant lui.

Mieux vaut m'arranger pour ne jamais le revoir, décida fermement la jeune femme. Ils pouvaient, à la rigueur, se croiser dans le hall de l'hôtel, mais rien de plus ; elle tenait à éviter le plus possible le rayonnement d'une telle séduction !

L'heure du dîner approchait et Dina décida de prendre son repas au restaurant de l'hôtel. Elle choisit une robe en souple lainage, rose indien, qui mettait sa silhouette en valeur et boucla autour de sa taille fine une large ceinture prune qui rehaussait, par contraste, la plénitude féminine de son buste et de ses hanches. Une paire d'escarpins à fines lanières dorées ponctua cette tenue et Dina retint sa lourde chevelure d'or sombre par deux peignes en argent ciselé.

Elle se sentait prête à affronter la clientèle anonyme de l'hôtel et, tout en fredonnant, sortit de sa chambre pour gagner les ascenseurs.

La grande salle en rotonde du restaurant ressemblait à un vaste jardin d'hiver avec ses luxuriantes plantes vertes et ses larges baies ouvrant sur un patio doucement éclairé. Dans cette atmosphère, à la fois feutrée et accueillante, Dina se laissa conduire par le maître d'hôtel jusqu'à sa table. Elle choisit un menu léger et délicat, soupira, enfin détendue, en regardant la flamme des bougies vaciller comme des feux follets sur les tables nappées de fine dentelle.

Mais, brusquement, une impulsion lui fit tourner la tête vers la gauche et elle aperçut... Tony Chandlor, lui aussi seul à table, qui lui souriait en agitant amicalement la main. Troublée, elle esquissa un vague signe de tête et détourna son regard. Encore lui... Et seul... naturellement ! Peut-être espérait-il qu'elle se lèverait pour aller partager son dîner avec lui ?

Eh bien... décida-t-elle avec humeur, qu'il n'y compte pas ! Elle avait bien trop besoin de tranquillité.

Mais elle eut beau essayer de chasser l'image du jeune homme de son esprit, ce fut peine perdue. Quelques minutes plus tard, elle se détourna discrètement une nouvelle fois et, profitant d'un moment d'inattention de sa part, l'observa à la dérobée. Il portait un costume bleu nuit et une chemise gris perle d'une rare élégance. Ses cheveux noirs étaient rejetés en arrière, ce qui mettait en valeur son beau visage, aux traits fermes et ouverts. Contre toute attente, Dina eut soudain follement envie de le rejoindre et de mieux le connaître. Mais comment s'approcher de lui, après l'avoir traité avec tant d'arrogance distante ?

Troublée et perplexe à la fois, la jeune femme lutta contre le nouveau cours de ses pensées, puis décida finalement de céder... Tant pis si ce n'était pas raisonnable... Elle allait simplement échanger quelques phrases avec cet homme... Après tout, que risquait-elle ?

Elle repoussa sa chaise et esquissa le geste de se lever lorsque, au même moment, un mouvement du côté de l'entrée du restaurant attira son attention. Une magnifique jeune femme blonde, habillée d'un smoking noir et d'une blouse de satin blanc, pénétrait dans la salle et se dirigeait vers la table de Tony, attirant sur elle tous les regards...

Aussitôt, Tony se leva, les yeux brillants, et un large sourire éclaira son visage. Les deux jeunes gens s'embrassèrent tendrement ; il était évident pour tout observateur qu'un étroit lien d'affection et d'estime mutuelle les unissait l'un à l'autre.

Inutile de préciser que Dina, honteuse et confuse de s'être laissé entraîner à un mouvement aussi ridicule que maladroit, se rassit immédiatement et tenta, sans y parvenir, de reprendre assurance. Quelle que fût la qualité de son dîner, chaque aliment se transforma en plâtre fade dans sa bouche et elle se hâta de précipiter la conclusion du repas.

Un homme aussi séduisant que Tony Chandlor, ne cessait-elle de se répéter, considérait sans doute les femmes comme de simples objets de plaisir. C'était une chance qu'elle ait pu s'en rendre compte à temps ! Avec une certaine mauvaise foi, elle jugea peu surprenant de le voir s'afficher avec une femme aussi belle. Au moins, à présent, la laisserait-il tranquille...

Après avoir réglé l'addition, elle quitta en hâte le restaurant et regagna sa chambre. En réalité, pourtant, son humiliation demeurait aussi cuisante qu'une brûlure au fer rouge. Dieu! pensa-t-elle avec amertume. Pourquoi était-elle donc aussi sensible? N'avait-elle pas déjà eu son compte d'illusions avec Jason? Des souffrances inutiles, Dina n'en avait que faire. Il lui suffisait déjà d'affronter seule le poids de son destin.

Elle se déshabilla rapidement et allait se glisser dans son lit lorsqu'on frappa à la porte. Passant un peignoir de bain, Dina ouvrit et aperçut un garçon d'étage tenant dans ses bras un magnifique bouquet de roses et de lys.

— Pour moi? balbutia-t-elle, interloquée. Il doit y avoir erreur...

— Vous n'êtes pas mademoiselle Harwell?

— Euh... Si!

— Dans ce cas, c'est bien pour vous...

Et le jeune homme lui tendit le bouquet sans plus attendre. Un peu abasourdie, Dina retourna s'asseoir sur le lit et contempla quelques instants les fleurs d'un air stupide. Qui pouvait bien savoir...

Ce fut alors qu'elle aperçut une carte de visite.

— Bienvenue dans le Kentucky... Tony.

Dina ferma les yeux et sentit son cœur s'accélérer dangereusement. Finalement, elle murmura :

— Vous êtes bien envahissant, Tony Chandlor... Laissez-moi seule !

Et, avec un rien de malin plaisir, elle sonna la femme de chambre.

— Prenez ce bouquet, dit-elle à la jeune femme qui la regardait sans comprendre. Je suis allergique aux roses. Ces fleurs seront certainement très décoratives dans le hall de l'hôtel...

Le lendemain, de bonne heure, Sammy Regan vint chercher Dina à l'hôtel pour la conduire au Cercle hippique où les attendait le fils de Vivid Dream.

Les retrouvailles avec l'ancien assistant de son père furent émouvantes pour la jeune femme : tous deux parlèrent avec nostalgie du bonheur enfui. Dina aimait chez Sammy son côté à la fois débrouillard et gouailleur qui lui faisait irrésistiblement penser à Mickey Rooney. Mâchouillant sans arrêt une cigarette éteinte, sa casquette à carreaux enfoncée bas sur ses cheveux grisonnants, il marchait d'un pas balancé et parlait avec l'accent traînant du Sud. Sa fidélité à

Timothy Harwell avait toujours été légendaire et, après sa mort, il avait su rester pour Dina un ami sûr, toujours solidaire. La jeune femme comptait beaucoup sur lui pour l'aider à entraîner Vengeur et à défendre ses intérêts dans la dure arène des courses...

— Eh bien, mam'zelle Harwell, c'est pas trop dire que j' suis bien heureux de vous voir...

Un peu gauchement, il repoussa sa casquette en arrière. Un sourire affectueux éclaira son visage rond. Dina l'embrassa tendrement.

— Oh! Sammy... Cela faisait si longtemps... Enfin, je retrouve la vie et le pays que j'aime !

Sammy considéra un moment la jeune femme d'un air pensif.

— Etes-vous bien sûre de vouloir encore vous mêler au monde des courses ? C'est bougrement dur, vous le savez !

Dina soutint son regard.

— Oui, répondit-elle avec fermeté. J'ai bien réfléchi, Sammy. Le désir le plus cher à mon cœur est de venger la mémoire de mon père. Et entraîner à nouveau un cheval selon ses méthodes pour en faire un champion, voilà le seul moyen que j'aie trouvé !

Sammy murmura quelque chose qu'elle ne comprit pas mais, tout à sa joie de retrouver enfin un ami de son père et de se rapprocher ainsi du but qu'elle s'était fixé, Dina continua joyeusement :

— Avez-vous un peu enquêté sur le deux-ans ?

Sammy hocha la tête.

— Il m'a tout l'air d'être de bon sang, voilà ce que j'en dis, mam'zelle Harwell. Son père, Vivid Dream, ayant été disqualifié au derby, il n'y aura pas beaucoup de monde sur la vente ; le prix ne risque pas de monter trop haut.

— Parfait ! commenta Dina, le cœur léger. Dans ce cas, dépêchons-nous d'aller le voir au Cercle.

Sammy Regan avait, sur la demande de la jeune femme, requis les services d'un expert vétérinaire qui se trouvait être aussi un ancien ami de Timothy Harwell. Dina avait hâte de connaître son jugement sur le cheval.

Après avoir roulé quelque temps en silence dans la fourgonnette de Sammy, ils arrivèrent en vue des gigantesques prairies vertes ourlées de barrières blanches qui constituaient les propriétés du Cercle.

Ils se garèrent devant l'entrée des bureaux et, bientôt, Dina put commencer à régler les premières formalités administratives nécessaires à l'achat d'un cheval : garanties bancaires, arrangements pour la location d'un box après l'achat, clauses de paiement, etc. Les dix mille dollars que Dina avait pris à sa banque new-yorkaise servirent de garantie de base.

Restait la vente aux enchères elle-même et, sur ce plan, tous les défis, tous les risques étaient encore possibles...

Puis Dina et Sammy se dirigèrent vers les écuries. La jeune femme n'eut pas besoin qu'on lui désigne le box du fils de Vivid Dream. En un éclair, elle aperçut une tête fière, d'un roux profond, et d'immenses yeux au regard brillant.

C'était miraculeux ! Vengeur ressemblait comme deux gouttes d'eau à son père... Même port altier, mêmes naseaux frémissants et farouches, même noblesse de ligne.

Quand elle s'approcha, le poulain broncha doucement, comme s'il la reconnaissait.

— Tu es magnifique... murmura Dina, éblouie.

Sammy et elle entrèrent dans le box et le cheval hennit avec un peu de nervosité.

— Là... Là... chuchota Dina en le caressant. Ne t'inquiète pas... Nous sommes des amis. Tes meilleurs amis.

Au premier coup d'œil, elle vit que le cheval était d'une constitution excellente : jambes finement dessinées, genoux souples et bien formés, croupe musclée de proportions parfaites... assurément, Vengeur était l'héritier d'une souche de race !

Au même moment, le vétérinaire alerté par Sammy les rejoignit dans le box.

Le Dr Sansen approchait, comme Sammy, de la soixantaine ; son éternelle pipe de bruyère à la bouche, il avait une physionomie à la fois rude et bienveillante. Du vivant de Timothy Harwell, il avait su se montrer un ami fidèle et un conseiller précieux.

Immédiatement, il reconnut Dina.

— Dis-donc, vieux renard ! lança-t-il avec une bourrade à Sammy. Tu ne m'avais pas dit que l'acheteur éventuel était la fille de Tim !

Sammy sourit, content de son tour. Mais il jugea bon de préciser :

— C'est mam'zelle Harwell, elle-même, qui voulait pas qu'on en parle.

Le vieux vétérinaire scruta intensément le visage de la jeune femme et, doucement, demanda :

— Je croyais que vous vous étiez construit une vie solide à New York... Pourquoi revenir aux courses, Dina ? C'est un milieu trop dur pour vous...

La jeune femme lui rendit fièrement son regard.

— Je sais ce que vous pensez, docteur Sansen, mais ma décision est prise. La vie que je menais à New York n'avait d'autre but que de me conduire à nouveau ici, un jour.

54

Ce jour est arrivé et rien ne m'arrêtera maintenant.

Le Dr Sansen hocha la tête en silence tandis que Sammy s'éclaircissait la gorge avec gêne. Les deux hommes paraissaient troublés par la rude détermination de Dina.

Finalement, le vétérinaire reprit d'une voix calme :

— Je comprends. Mais risquer tout votre argent sur ce jeune cheval est de la folie. On ne sait jamais vraiment à quoi s'attendre avec un pur-sang. Même le meilleur des entraînements ne peut avoir raison d'une nature trop sauvage. Faites attention aux rêves inaccessibles, Dina. Vivid Dream n'a pas eu de chance. Son fils n'en aura peut-être pas davantage.

Dina se redressa et toisa le petit docteur avec orgueil.

— Vous avez peut-être raison mais je tenterai l'impossible !

— Pourquoi ?

— Pour mon père... Pour venger sa mémoire !

Nouveau silence chez les deux hommes. Puis le vétérinaire déclara :

— C'est bon. J'examinerai le cheval et lui ferai une radio des pattes pour déceler la moindre trace d'ancienne fracture ou de malformation. J'effectuerai aussi une prise de sang.

55

— A quelle heure sera-t-il exposé pour la vente aux enchères ? demanda Dina.

Le Dr Sansen réfléchit.

— Il passera dans les derniers. Soyez là vers quatre heures, ce sera suffisant.

Rassurée, la jeune femme s'éloigna avec Sammy, non sans lancer un dernier regard admiratif au jeune cheval.

Il sera à moi, je le veux..., ne cessait-elle de se répéter.

Une minute plus tard, elle déclara à Sammy :

— Pour moi, l'affaire est faite, Sammy. Je l'aurai !

Pour toute réponse, le vieil entraîneur lui jeta un coup d'œil plus que songeur...

Tony Chandlor contourna la grande allée qui menait aux écuries du Cercle hippique et s'immobilisa soudain en apercevant le groupe de trois personnes devant le box nº 11. Il reconnut aussitôt Dina Harwell.

— Mais... que peut-elle bien faire ici ? marmonna-t-il pour lui-même.

Le brassard du service vétérinaire porté par l'un des deux hommes l'alerta.

Serait-elle donc en train de négocier l'achat d'un cheval, elle aussi ?

Cette éventualité lui parut plutôt invraisemblable mais il n'eut pas le temps de pousser plus avant ses réflexions. Déjà, la jeune femme s'éloignait avec l'un des hommes, laissant le vétérinaire seul.

Aussitôt, Tony s'approcha de lui.

— Vous êtes le docteur Sansen, n'est-ce pas ? On m'a dit de venir vous consulter pour examiner un deux-ans qui m'intéresse.

Le vieux docteur considéra Tony d'un air nonchalant, son éternelle pipe coincée entre ses dents.

— Cela peut se faire, en effet. De quel cheval s'agit-il ?

Tony désigna le box nº 11.

— Celui-ci, de l'écurie Calmerson.

Aussitôt, il perçut un changement manifeste dans l'expression du Dr Sansen. Son visage parut se rembrunir et ce fut d'un ton plutôt sec qu'il répondit :

— Désolé, jeune homme, mais je ne crois pas pouvoir examiner ce cheval.

— Mais...

Le vétérinaire fronça les sourcils.

— Pour être plus exact, je viens de le faire... Quelqu'un d'autre avait réservé mes services. Je ne suis donc plus disponible. Maintenant si vous voulez bien m'excusez, j'ai du travail...

Il s'apprêtait à s'éloigner quand Tony le retint doucement par le bras.

— Voyons, docteur Sansen, vous ne me reconnaissez pas ?

Le vieil homme le dévisagea d'un air peu

aimable. Mais, soudain, son expression s'éclaira quelque peu.

— Ah oui... Vous êtes un Chandlor...

Tony lui sourit.

— Exactement. Vous avez souvent travaillé pour mon père, si je me souviens bien.

L'autre hocha la tête.

— C'est vrai.

Le silence s'installa entre eux pendant quelques minutes puis le Dr Sansen reprit d'une voix plus douce.

— Ecoutez, monsieur Chandlor. Les écuries de votre père sont pleines à craquer des meilleurs champions de ce pays. Pourquoi diable vous intéresser à ce poulain qui ne présente aucune garantie sûre ?

Tony pinça les lèvres. Décidément il ne se débarrasserait pas aussi facilement que cela de l'hérédité paternelle. Comment faire comprendre à ces professionnels de la course qu'il comptait, lui, pour un homme à part entière et pas seulement pour un fils à papa cherchant uniquement à satisfaire ses caprices ?

Il était peut-être temps de donner une explication...

— Mon père, Adam Chandlor, est en effet un leader sur le plan de l'élevage. Mais... hum... permettez-moi de vous signaler que, depuis un bon nombre d'années, lui et moi ne partageons plus les mêmes intérêts. Je désire acquérir ce cheval à titre personnel et non pour défendre le blason paternel. Est-ce assez clair ?

Le vétérinaire le considéra d'un œil amusé.

— Très clair, en effet, jeune homme. Et... je ne peux que respecter votre désir d'indépendance. Cependant, laissez-moi encore vous donner un conseil : ce poulain peut ruiner à lui tout seul pas mal de vos beaux projets. Son hérédité est bonne, certes, mais il n'a pas fait ses preuves.

Tony eut un mouvement d'impatience.

— Je sais... Mais...

Sans lui prêter la moindre attention, le Dr Sansen poursuivit :

— ... Et, d'autre part, une autre personne est déjà sur l'affaire. Quelqu'un de très déterminé. A votre place, je n'aimerais pas me trouver en travers de sa route...

Sur ces recommandations sibyllines, le vieil homme s'éloigna en laissant flotter derrière lui un nuage de fumée odorante.

Un peu interloqué, Tony le regarda s'éloigner.

Que voulait-il donc dire ? se demanda-t-il avec une vague inquiétude.

Soudain, il comprit.

— Bien sûr, s'exclama-t-il.

Voilà la raison de la présence de Dina Harwell devant le box !

C'était elle qui désirait si vivement acheter le poulain.

Pourquoi, mais pourquoi donc, s'était-elle fixé pareil but ?

Las de se sentir ainsi dérouté, Tony haussa les épaules et se dirigea vers les bureaux de vente.

Sa décision à lui aussi était prise...

Chapitre 4

Le vaste pavillon réservé aux ventes du Cercle hippique était plein à craquer. Dina songea que cela devait être en partie à cause du beau temps mais elle aurait préféré qu'il y eût moins d'acquéreurs éventuels pouvant faire monter les enchères.

Assise au milieu des gradins qui entouraient la piste, elle concentra toute son attention sur le défilé des poulains, chaque moment la rapprochant davantage de la présentation de son favori.

De temps à autre, elle jetait un coup d'œil sur l'assemblée bruissante des spectateurs et y repérait quelques visages familiers. Mais, en revanche, personne ne semblait la reconnaître et cela lui convenait parfaitement.

Bien que la vente aux enchères ait débuté depuis bientôt deux heures, Dina n'était là que depuis une vingtaine de minutes. En effet, après le déjeuner, elle avait regagné sa chambre d'hôtel pour y revêtir un strict tailleur gris, éclairé seulement d'une blouse en crêpe blanc.

Sammy l'avait attendue dans le hall pour la conduire au Cercle avec sa fourgonnette. Le trajet s'était effectué en silence. Après avoir garé la voiture au parking, Sammy lui avait simplement dit :

— Soyez prudente.

Dina avait hoché la tête et déposé un baiser léger sur la joue tannée de l'entraîneur.

— Ne t'inquiète pas. J'y veillerai.

A présent, la jeune femme tentait de se concentrer sur les annonces du commissaire-priseur dont la voix était amplifiée par le haut-parleur. Un peu moins peuplés que le centre de l'amphithéâtre, les côtés des gradins paraissaient agités par d'incessantes allées et venues. C'était par là que le public entrait et sortait, là aussi que se tenaient les observateurs chargés de noter les enchères. Chacun d'eux avait pour tâche de transmettre au commissaire-priseur, selon un code convenu à l'avance, les enchères de leurs clients. Ils étaient ainsi les seuls, avec l'intéressé, à savoir qui achetait le cheval proposé. Les enchères duraient en général entre trois et cinq minutes par cheval. Au-delà, le prix atteignait des hauteurs astronomiques.

Vraiment, se dit la jeune femme, une vente de pur-sang demeurait un spectacle fascinant et une expérience sans égal, même pour le plus blasé.

Pour l'instant, la vente record atteignait deux cent vingt mille dollars pour un splendide deux-ans, issu d'une lignée célèbre. C'était déjà un bon prix ! Mais Dina en avait vu dans sa vie de beaucoup plus élevés. Apparemment, les enchères ne semblaient cette fois pas trop poussées et cela la rassura.

Tôt ce matin-là, Dina avait pris avec le commissaire-priseur les arrangements nécessaires et s'était entendue avec son observateur. Ils avaient décidé une tactique très simple : un hochement de tête signifiait que Dina renchérissait de cinq cents dollars ; si elle se touchait le nez : mille dollars. Et si, tout en se touchant le nez, elle levait un ou plusieurs doigts contre sa joue, c'était autant de milliers de dollars.

La jeune femme avait répété l'opération plus de cent fois et s'était promis d'entrer dans le jeu au moment où les enchères fléchiraient. Elle savait qu'elle aurait très peu de temps pour se décider mais la confiance ne la quittait pas.

Le commissaire-priseur annonça une vente et Dina leva les yeux vers le tableau électronique où figuraient toutes les indications.

Le cheval précédent venait d'être enlevé pour vingt-six mille dollars. Dina nota le prix sur son catalogue en se promettant de réclamer par la suite la liste complète des ventes avec les prix obtenus et le nom des propriétaires. Car il s'agissait d'un sujet auquel elle devait, dorénavant, s'intéresser, puisqu'elle allait devenir elle-même la propriétaire d'un champion...

Un coup d'œil à sa montre lui apprit qu'il était bientôt quatre heures. Un nouveau yearling venait de faire son apparition sur la piste et le matricule indiqué au tableau d'affichage lui révéla qu'il précédait juste celui qu'elle attendait.

Fermant les yeux, elle s'efforça de calmer les battements de son cœur. Quand elle les rouvrit, elle eut un violent sursaut.

Tony Chandlor était en train de s'asseoir, deux rangées devant elle... Un flot d'émotions contradictoires l'envahit. Le choc, la surprise mais, surtout, une tenace inquiétude : que faisait-il donc là ?

Cherchait-il à la revoir ?

Dina repoussa cette pensée absurde.

Ce n'était qu'une simple coïncidence, bien sûr et, d'ailleurs, des problèmes plus sérieux appelaient l'attention de la jeune femme.

La vente en cours s'achevait justement et le tableau annonça un deux-ans, issu de... Vivid Dream.

Lorsque le jeune cheval fit son apparition sur la piste, Dina eut l'impression que le temps s'arrêtait. Le public et sa rumeur ne l'atteignaient plus qu'à travers un épais brouillard.

Tous ses sens en éveil, elle détaillait la silhouette racée, les pattes fuselées, l'orgueilleuse encolure. Un superbe animal... se dit-elle. Et que la foule ambiante n'impressionnait nullement. Il évoluait calmement sur la piste, suivant le lad qui le tenait par la bride tandis que ses muscles jouaient sous sa robe lustrée.

Dina dut revenir brusquement à la réalité. Elle agrippa la main de Sammy, assis à ses côtés, pour se rassurer.

— Bonne chance, murmura-t-il.

— Voici le premier cheval de l'écurie Calmerson... annonça le commissaire-priseur. Les enchères débutent à vingt mille dollars.

C'était un niveau élevé au départ mais le commissaire avait, seul, le pouvoir de décider de la mise à prix. Tremblant de tous ses membres, Dina prit conscience du fait qu'il lui fallait absolument ce deux-ans... Elle se força à rester calme pour suivre attentivement les enchères. Quelques secondes plus tard, celles-ci venaient d'atteindre trente-sept mille dollars.

Dina prit une profonde respiration et posa trois doigts sur sa joue en se touchant le nez.

— Quarante mille dollars ! cria le commissaire-priseur.

Avant même qu'elle ait compris ce qui se passait, Dina l'entendit presque aussitôt annoncer :

— Quarante-trois mille dollars !

C'était trop... Mais elle ne put s'empêcher de se toucher à nouveau le nez...

— Quarante-quatre mille dollars !

Les enchères montaient à toute allure et Dina se sentit complètement dépassée.

Ses yeux tombèrent alors sur Tony et elle remarqua brusquement qu'il effleurait le lobe de son oreille... Aussitôt après, le commissaire-priseur proclamait :

— Quarante-huit mille dollars !

Non, se dit-elle fébrilement, il ne l'aura pas !

Le regard fixé sur celui qu'elle savait à présent être son ennemi, Dina leva hardiment... cinq doigts et se toucha le nez.

— Cinquante-trois mille dollars !

Cette fois, Tony ne broncha pas. Mais les enchères montèrent encore. Dina le vit secouer la tête et se crut victorieuse. Elle leva encore deux doigts.

Un silence profond tomba sur l'assemblée. Tous cherchaient à repérer les renchérisseurs.

Il est pour moi, se répétait Dina. Il est à moi...

Cinq de ses doigts se levèrent sans même qu'elle en prît vraiment conscience.

La main de Sammy pressa celle de la jeune femme.

— J'espère que vous savez ce que vous faites... murmura-t-il à son oreille.

Mais elle ne l'entendit même pas.

— Soixante-quinze mille !

Dina accueillit l'enchère sans bouger un seul muscle, toute raison abolie. Elle savait qu'elle aurait dû s'arrêter là, mais quand elle voyait le jeune cheval impassible sous la houle des feux croisés des annonces, elle pensait à son père et se laissait envahir par l'émotion.

A nouveau, elle leva cinq doigts.

Mais trois secondes plus tard, la voix du commissaire-priseur résonnait dans le haut-parleur.

— Quatre-vingt-dix mille !

Un murmure d'excitation parcourut la foule. Personne n'avait imaginé que le cheval pût atteindre un tel prix.

Dina sentit le regard de Tony posé sur elle. Les yeux gris semblaient la questionner tandis que la voix du commissaire-priseur réclamait une dernière enchère. Brusquement, Dina sut que tout était fini pour elle... Elle venait déjà de dépasser toutes les limites permises mais ne regrettait rien. Avec un soupir de résignation, elle courba la tête tristement.

— Quatre-vingt-dix mille cinq cents !
lança le commissaire-priseur...

Soudain, Dina comprit avec terreur ce qui
venait de se produire.

Dans son trouble, elle avait incliné la tête
sans réfléchir...

Anxieuse, elle attendit la poursuite des
enchères. Celui qui voulait tellement ce cheval n'allait pas s'arrêter pour cinq cents
dollars de plus !

Mais le tableau s'alluma et le haut-parleur
annonça :

— Adjugé pour quatre-vingt-dix mille
cinq cents dollars !

— Ça y est ! Il est à vous ! s'exclama
joyeusement Sammy. Mais... D'où tirez-vous
tout cet argent ?

Dina le contempla d'un air hébété.

— Sammy... souffla-t-elle. Vous n'auriez
pas, par hasard, trente mille dollars de trop ?

Le sourire de Sammy s'évanouit et il la
regarda, stupéfait.

— Vous... Vous n'avez pas l'argent ?

— Je crois que je me suis laissé entraîner
trop loin, répondit-elle lentement.

Avec la gouaille de son accent du Sud, il
s'exclama en rejetant sa casquette en
arrière :

— Mince ! Nous voilà dans de beaux
draps !

68

Dina savait pertinemment qu'il disait vrai...

— Je suis dans de beaux draps, corrigea-t-elle en regardant ses mains qui semblaient ne plus vouloir s'arrêter de trembler.

Ne venait-elle pas de violer toutes les conventions régissant une telle vente ? La première de ces lois était aussi la plus simple : on ne renchérit pas au-delà de ses moyens !

A présent, sa vie entière pouvait être gâchée par cette erreur. Si Dina ne réussissait pas à trouver l'argent, tout ce qu'elle possédait serait englouti. Il lui restait environ trente-six heures pour réunir la somme. Quand les banques ouvriraient, lundi matin, il lui faudrait faire face...

Elle se leva en soupirant.

— Allons voir le cheval. Il nous dira peut-être où trouver un banquier généreux...

La jeune femme se dirigea d'abord vers le bureau des commissaires où on lui fit signer divers papiers. En même temps, elle déposa un premier acompte de dix mille dollars. Quand ces démarches furent terminées, elle gagna les écuries en compagnie de Sammy.

Sur leurs visages, nulle trace de joie... Il ne ressemblaient ni l'un ni l'autre à un heureux propriétaire de futur champion...

De son côté, Tony demeurait à sa place, songeur, tandis que la vente s'achevait. Il

était furieux que le cheval lui ait échappé...
Mais en aucune manière il n'aurait dépassé
la limite qu'il s'était fixée. Le deux-ans
semblait, certes, de bonne origine. Peut-être,
même, la meilleure de toutes. Sheer Pleasure, sa mère, avait été une grandissime
favorite. Mais tant d'argent pour un animal
tout jeune encore et exposé à de nombreux
accidents avant de gagner un prix... c'était
trop risqué !

— C'est acheter chat en poche, avait
déclaré peu avant le Dr Sansen.

Tony comprenait à présent ce qu'il voulait
dire par là.

Dina Harwell voulait absolument ce
cheval...

Elle avait gagné ! Et Tony se souvenait du
regard glacial qu'elle lui avait lancé lorsqu'il
s'était tourné vers elle.

Cependant, il restait encore une pouliche
sur laquelle il gardait des vues mais dont la
vente ne commencerait pas avant une bonne
heure. Etirant discrètement ses muscles
engourdis, Tony se leva et quitta la salle.

Dans le hall, il se fit remettre la liste des
ventes établie par l'ordinateur. Aussitôt, ses
yeux se portèrent sur le matricule du deux-
ans qui n'avait pas encore de nom. Comme il
l'avait deviné, Dina Harwell en était bien
seule et unique propriétaire. Sans doute, ses
motivations devaient-elles être profondes

pour justifier un tel prix et, surtout, un pareil risque !

Tony regarda autour de lui mais n'aperçut pas la jeune femme ni l'homme d'un certain âge qui l'accompagnait. Aussi décida-t-il de se rendre aux écuries.

Voulait-il féliciter la jeune femme ?

Non... reconnut-il. Ce qu'il désirait secrètement, c'était la revoir...

Depuis le matin, il ne cessait de penser à elle. Il fallait qu'il la rencontre, qu'il lui parle.

Pourtant, une dernière hésitation le retint. Pourquoi cette obstination à la rechercher ? Sans doute ne fallait-il rien attendre d'elle.

Et d'ailleurs, elle ne l'avait même pas remercié pour les fleurs.

Mais ses pas le portaient déjà, malgré lui, vers les écuries et, dès qu'il y pénétra, il aperçut deux silhouettes connues devant le box n° 11.

Sur le pâle visage de Dina, aucun signe de victoire. C'était un visage vide de toute expression.

Tony l'aborda enfin.

— Félicitations... lança-t-il avec un enjouement forcé.

Elle se retourna brusquement vers lui en le fixant de ses yeux élargis. Puis elle reprit aussitôt son expression indifférente et répondit d'une voix neutre :

— Merci.

L'arrivée de Tony l'avait surprise. C'était bien la dernière personne qu'elle souhaitait rencontrer...

— Je crois que vous venez là d'acquérir une belle bête, reprit-il d'un air détaché. Ce sera sûrement un champion...

— Cela ne suffira pas pour compenser la somme astronomique qu'il me coûte, observa-t-elle amèrement.

Il la fixa d'un air un peu surpris.

— Vous saviez que je poussais les enchères, moi aussi ?

— J'ai remarqué votre signe, acquiesça-t-elle en se demandant au même moment pourquoi elle prenait seulement la peine de lui répondre.

— Mais, enfin, c'est vous qui avez gagné... observa-t-il avec une pointe d'ironie. Je n'étais pas prêt à payer un tel prix...

Il marqua une pause et poursuivit avec une amabilité appuyée :

— Je suppose que vous lui avez trouvé un nom.

Dina eut un sourire distant. Hochant la tête, elle caressa le nez du jeune cheval et déclara d'une voix sourde :

— Le nom que j'avais choisi me paraissait parfait. Mais il va sans doute falloir, à présent, que je le change...

Refoulant à grand-peine les larmes qui

montaient à ses paupières, elle détourna le visage pour dissimuler ses émotions et ajouta :

— Fol Excès... Voilà comment je devrais l'appeler !

Tony se mit à rire. Mais il s'arrêta net, alerté brusquement par le changement de ton de la jeune femme. Et, soudain, ce fut l'illumination. Il comprit ce qui venait de se passer. Plusieurs fois, déjà, son père lui avait parlé de cas semblables et Tony savait ce que cela signifiait.

— Mademoiselle Harwell... commença-t-il doucement.

Elle lui tourna le dos tandis que son compagnon, visiblement un vieux lad, un habitué des courses, lui jetait un regard hostile. Mais il poursuivit :

— Je me demande... Eh bien... Si vraiment ce prix est excessif, j'aimerais savoir de combien il dépasse vos possibilités ?

Dina se retourna vers lui, prête à le renvoyer, lui et son insupportable curiosité. Mais les yeux gris, posés sur elle, ne reflétaient rien d'autre que la sollicitude et, même, l'amitié.

— C'est votre faute, vous savez... dit-elle en esquissant un geste de lassitude.

Tony se raidit.

— Ma faute ?

— Si vous n'aviez pas renchéri avec tant

d'arrogance, je ne me serais pas mise en colère et n'aurais pas fait monter les enchères aussi follement !

— J'ai provoqué votre colère ? interrogea-t-il avec un étonnement manifeste.

Elle pinça les lèvres.

— Savez-vous, monsieur Chandlor, que depuis le moment où je suis tombée à New York sur votre attaché-case mal placé, vous n'avez cessé d'encombrer ma route, d'une manière ou d'une autre. Vous avez même eu l'audace de m'envoyer des fleurs ! Oui, j'étais furieuse contre vous !

— Mais cela n'a pas de sens... rétorqua Tony qui se sentait complètement dépassé.

— Possible... Mais cela est tout aussi absurde d'engager trente mille dollars que je n'ai pas.

Les derniers mots n'étaient plus qu'un murmure et elle baissa la tête, confuse de s'être laissée aller à cet aveu.

— Vous ne pouvez me le reprocher, déclara Tony d'un ton ferme.

Dina soupira.

— Vous avez raison, naturellement, avoua-t-elle. Mais je ne parviens pas à me représenter toute l'étendue du désastre qui vient de m'arriver. J'ai atteint deux fois le prix que je m'étais fixé !

Tout en parlant, Dina se demandait ce qui la poussait à révéler tant de choses à un inconnu. Ce n'était certes pas dans ses habitudes.

— Pensez-vous pouvoir trouver l'argent qui vous manque ? demanda Tony simplement, étonné lui-même de se sentir à tel point concerné par le problème.

— Il faudra bien... répondit Dina.

Et son expression résolue laissait entendre clairement qu'elle s'y emploierait de son mieux.

Un soupçon traversa l'esprit de Tony.

— Je me demande si ce deux-ans vaut un tel prix, murmura-t-il.

Mais Dina, déjà, lui coupait la parole.

— Oui ! monsieur Chandlor. J'en suis persuadée !

Il sourit devant une manifestation d'enthousiasme aussi spontanée et sincère.

— Pourquoi, alors, ne pas envisager une association ? proposa-t-il d'un air songeur.

— Je n'en ai pas le temps, rétorqua-t-elle. Et d'ailleurs, qui peut s'intéresser à un cheval non entraîné qui n'a même pas encore fait ses preuves ?

— Que penseriez-vous... commença-t-il en cherchant à retenir le regard de la jeune femme.

Mais elle l'interrompit, incapable de supporter plus longtemps sa commisération.

— Je vous remercie de vos bonnes intentions, monsieur Chandlor. Mais ceci est mon problème. Pas le vôtre. Maintenant, si vous voulez bien me laisser seule...

Tony sentit l'impatience le gagner.

— Mademoiselle Harwell... Je voulais simplement vous demander si vous accepteriez un partenaire...

Une réponse cinglante fusa aux lèvres de la jeune femme mais, sous le regard à la fois attentif et solidaire qui pesait sur elle, elle se retint à la dernière seconde. La bouche sèche, la gorge nouée, Dina murmura :

— Je ne connais personne qui puisse disposer d'une telle somme, du moins pour la risquer sur un cheval...

Quand elle releva la tête, devant l'expression de Tony, elle devina en un éclair les mots qui allaient suivre.

— Une association à parts égales, cinquante, cinquante... Voilà ce que je vous propose, déclara-t-il lentement. Je vous donnerai la moitié du prix d'achat.

Bouleversée, le cœur battant à tout rompre, Dina se tourna silencieusement vers Sammy Regan pour l'interroger du regard. Il inclina la tête sans mot dire.

Alors, la jeune femme affronta Tony du regard et lui tendit brusquement la main.

— Je crois que nous voilà associés, monsieur Chandlor...

Il saisit sa main qui frémit malgré elle sous la ferme pression de ses doigts.

— Tony... corrigea-t-il.

Elle répéta docilement.

— Tony...

Dina sortit de sa salle de bains, la tête enveloppée d'une serviette de toilette : elle venait de se laver les cheveux.

Assise sur son lit, elle brancha le séchoir et fit pénétrer l'air chaud dans sa chevelure en écartant les mèches de ses doigts. Sans cesse, ses pensées revenaient à Tony Chandlor et à l'étrange manière dont il avait conclu leur marché deux heures plus tôt.

C'était un véritable coup de chance. Au moment où elle avait tellement besoin d'aide, quelle providence !

A présent, aucun obstacle n'entravait la poursuite de son rêve.

Après avoir conclu les premiers accords de principe avec son nouvel associé, elle lui avait présenté Sammy Regan. Tandis que tous trois échangeaient quelques observations au sujet du cheval, Dina avait été impressionnée par les connaissances de Tony en la matière.

Ensuite, il l'avait invitée à dîner pour mettre au point les termes du contrat et, étonnée elle-même de la soudaine joie qui envahissait son cœur, Dina avait accepté.

Quand, enfin, il avait disparu, la jeune femme s'était tournée vers Sammy.

— Eh bien... Je crois qu'il nous a tiré une fameuse épine du pied !

— Ma foi... Peut-être bien, avait répondu Sammy, d'un air peu convaincu.

Ce ton étrange et visiblement peu enthousiaste inquiéta Dina.

— Qu'est-ce qui ne va pas ? demanda-t-elle.

— J'avais pensé qu'on pourrait travailler ensemble, expliqua-t-il lentement. Et il ne voudra peut-être pas de moi.

Dina posa une main affectueuse sur son épaule.

— Ne vous alarmez pas, fit-elle. Cette association ne changera rien entre nous. J'y veillerai, je vous le promets !

— Vous avez reconnu son nom ? demanda brusquement Sammy.

Dina haussa un sourcil.

— Tony ?

— Non, Chandlor... Vous devriez savoir qui c'est.

Elle réfléchit profondément.

— Mais oui ! Chandlor Farms... Les écuries Chandlor et leur fameuse casaque rouge et argent !

A présent, Dina se souvenait parfaitement. Les Chandlor comptaient parmi les plus riches familles du Kentucky... Comment Tony avait-il pu conclure une telle association hors du cercle familial ? se demanda-t-elle. Il devait y avoir une raison qu'elle ignorait.

En regagnant l'hôtel, Dina demeurait préoccupée. Certes, pour un membre d'une famille aussi puissante et riche, la bagatelle de quatre-vingt-dix mille dollars était un jeu d'enfant. Tony Chandlor aurait très bien pu acheter le cheval lui-même et faire monter les enchères jusqu'à un seuil prohibitif.

Mais toutes ces questions restaient sans réponses. Après tout, l'important n'était-il pas qu'elle pût, dès à présent, se libérer d'une dette accablante ?

Les cheveux maintenant secs, Dina les brossa longuement en arrière puis les rejeta sur un côté où elle les maintint avec un peigne nacré, dégageant ainsi une fine oreille où brillait l'éclat d'un petit diamant.

Rapidement, elle se maquilla puis, après une brève hésitation, écarta la robe rose qu'elle avait déjà portée la veille et choisit un fourreau en soie bleu nuit.

C'était tout à fait ce qui convenait pour dîner un samedi soir au Pim's Pub, célèbre restaurant au rez-de-chaussée de l'hôtel.

La soie sombre moula comme un écrin son corps gracieux, mettant admirablement en valeur son teint de pêche et ses cheveux d'or profond.

Pourtant, au moment de quitter la chambre, une sourde angoisse l'étreignit brusquement.

Dieu veuille que tout aille bien dans cette association miracle! se répéta-t-elle nerveusement.

Ce soir, du moins, Dina allait faire un peu mieux connaissance avec son partenaire. Mais il lui fallait encore se tenir sur ses gardes pour ne pas céder trop facilement au charme évident qui émanait de lui et dont elle était pleinement consciente depuis leur première rencontre, il y avait seulement vingt-quatre heures.

Chapitre 5

Tandis que les lumières baissaient, la musique passa d'un rythme endiablé à de doux accords mélodiques. Des couples tendrement enlacés commencèrent à évoluer sur la piste de danse exiguë sans pour autant gêner les conversations.

Assis dans un coin du Pim's Pub, Dina et Tony dégustaient à petites gorgées un excellent vin blanc. Depuis que la discothèque s'était un peu vidée de ses danseurs effrénés, l'air devenait plus respirable et Dina commençait seulement à se détendre. Seule la présence toute proche du séduisant Tony, assis en face d'elle, continuait de la troubler...

Le dîner, achevé depuis une heure, avait été parfait et en tout point conforme aux souvenirs que la jeune femme conservait de l'époque où elle fréquentait l'endroit. Le maître d'hôtel les avait installés à une table tranquille, à l'écart des allées et venues et tous deux s'étaient finalement décidés à commander le même menu : salade au foie gras et magret de canard.

Derrière ses paupières mi-closes, Dina revoyait la silhouette élégante de Tony lorsqu'il était venu à sa rencontre, vêtu d'un fin costume sombre coupé à la perfection qui laissait deviner l'éclat d'une chemise blanche. Une mince cordelette noire retombait de son col avec une négligence affectée et les élégants mocassins de chevreau noir qu'il portait signalaient assez son goût du raffinement... Une soudaine vague de chaleur avait submergé Dina quand il avait pris ses deux mains dans les siennes pour la saluer.

— Vous êtes splendide ce soir...

Elle s'était sentie rougir bien malgré elle...

— Merci. Vous également, avait-elle finalement répondu avec une nonchalance étudiée.

Brusquement gênée, elle s'était mordu la lèvre.

— Je veux dire que vous...

Mais, d'un rire léger, il lui avait coupé la parole.

— Ne vous reprenez pas, je vous en prie !

Puis, pour la mettre à l'aise, il avait proposé :

— Voulez-vous un cocktail ou bien allons-nous dîner tout de suite ?

— Je meurs de faim ! avait avoué Dina.

Quand, plus tard, ils avaient passé commande, Dina demeura quelques instants désemparée devant un tête-à-tête aussi intimidant. Mais Tony comprit son trouble et s'efforça de conduire la conversation sur des sujets légers et gais.

Très vite, l'atmosphère se détendit et tous deux rirent de bon coeur à plusieurs reprises. A d'autres moments, Dina se sentit assez en confiance pour révéler à son nouveau compagnon quelques bribes de son passé. Sans véritablement évoquer son père, elle lui avoua son amour pour les chevaux et les grands espaces, précisant que son long séjour à New York n'avait pas eu d'autre objectif que de gagner suffisamment d'argent pour mettre un jour sur pied sa propre écurie de pur-sang.

Quand Dina eut achevé son histoire, elle questionna à son tour Tony sur sa vie. Tandis qu'ils sirotaient leur café, il lui apprit qu'il appartenait bien, en effet, à la dynastie des Chandlor mais que, depuis des années, il n'entretenait guère de liens avec sa famille, sauf avec sa sœur.

Dina sentait la réticence de son compagnon pendant qu'il parlait de ce sujet et elle ne le poussa pas à approfondir un problème manifestement encore douloureux. Il lui expliqua toutefois l'itinéraire de sa carrière et elle admira sa ténacité et son sens de la réussite, sans avoir pour cela cherché à profiter des avantages financiers ou sociaux que sa famille aurait pu lui apporter.

Lorsque le maître d'hôtel apporta l'addition, Dina constata alors avec surprise que près de trois heures s'étaient écoulées sans même qu'elle s'en aperçût... Si un désaccord se manifesta entre eux à ce moment-là ce fut... à propos du règlement du repas ! Dina insista farouchement pour payer sa part mais Tony, tout aussi orgueilleusement, s'obstina à l'inviter.

— Il ne s'agit pas d'un dîner d'affaires, expliqua-t-il, légèrement vexé. Notre association, d'ailleurs, n'a pas encore pris de forme légale et elle n'exclut en rien de libres moments de plaisir, vous ne croyez pas ?

La fermeté de sa voix fit comprendre à Dina qu'il était inutile d'insister. Elle le regarda signer la note et déclara d'un air faussement négligent :

— En tout cas, il serait peut-être temps de définir les termes de notre contrat !

Il lui sourit et la tension qui s'était élevée entre eux retomba en un instant.

— Mais naturellement... répliqua-t-il avec une assurance tranquille. Nous pourrions peut-être en parler au bar... Qu'en pensez-vous ?

Comme toujours, depuis qu'elle le connaissait, Dina céda devant son charme... irrésistible. Elle le suivit jusqu'au bar du Pim's Pub, bruyant et surpeuplé. Il leur fallut dix bonnes minutes avant de trouver enfin une table dans un coin éloigné et relativement tranquille.

Tony commanda du vin et continua d'entretenir sa compagne de choses et d'autres, ce qui, en définitive, l'amusait énormément. Quand, enfin, il aborda la question du contrat, il s'exprima avec rigueur et pondération. Dina l'écouta avec une extrême attention, s'efforçant de lutter autant qu'elle le pouvait contre l'emprise qu'il exerçait invisiblement sur elle.

Assis tous deux sur la même banquette, leurs corps ne se touchaient pas mais la jeune femme avait une constante impression d'un contact physique entre eux... Bien malgré elle, elle se sentait étroitement liée à lui...

— Quelles dispositions avez-vous prises pour l'entraînement du poulain ? demanda-t-il brusquement.

— J'ai loué un box au Cercle hippique pour un mois, répondit-elle. Je pensais y commencer l'entraînement et m'installer ensuite à Keeneland à la saison sèche.

Keeneland était le plus grand terrain de courses et de compétitions hippiques de la région. On y accueillait des pensionnaires afin que leurs propriétaires puissent avoir un lieu d'entraînement et de dressage. A cet effet, on pouvait y louer des boxes.

— Mais ce sera seulement dans plusieurs mois ! s'exclama Tony d'un air déçu.

Dina haussa les épaules.

— Evidemment... Il faut une longue période d'adaptation avant d'aborder un entraînement réellement intensif.

Il la regarda attentivement.

— Mais vous avez bien l'intention de le faire courir, n'est-ce pas ? Alors... quelles courses envisagez-vous en premier ?

Dina respira profondément puis déclara très calmement :

— Le derby...

Les yeux de Tony s'agrandirent encore tandis qu'il la dévisageait d'un air ahuri.

— Vous alors... Rien ne vous fait peur !

— Je connais ce deux-ans et je connais aussi son hérédité. Le derby est pour lui, croyez-moi. Il en est tout à fait capable.

Tony sirota son vin d'un air pensif.

— Et le Triple Crown... demanda-t-il brusquement. Le Tiercé royal... Vous y croyez aussi ?

Dina hocha lentement la tête.

— Je ne peux pas le dire à l'avance. Seul le temps nous éclairera.

— J'aime votre façon de voir les choses, déclara sentencieusement Tony. Vous êtes franche et directe et vos idées sont claires.

Le compliment toucha Dina plus qu'elle ne l'aurait voulu et elle frissonna involontairement sous le poids de son regard.

— Vous avez froid ?

— Non, non...

Il sourit, peu convaincu. Etait-ce une illusion ou se rapprocha-t-il d'elle, imperceptiblement ? Dina aurait voulu se raidir, se défendre mais... non, c'était au-dessus de ses forces !

— Il faut que vous sachiez que ce cheval compte aussi beaucoup pour moi, reprit Tony. J'ai également une revanche à prendre, en quelque sorte. Alors, pourquoi ne pas faire front commun ? En ce qui concerne le box, vous n'aurez pas besoin d'en louer un au Cercle. L'année dernière, quand j'ai décidé de m'intéresser de plus près aux courses, j'ai acheté un petit haras. C'est un endroit parfait pour notre projet.

Dina osa le regarder directement et lut dans ses yeux la plus entière sincérité. Vraiment, Tony avait l'air de tenir autant qu'elle à la victoire du pur-sang !

Nullement gêné par le regard de la jeune femme, il poursuivit avec cette assurance tranquille qui le caractérisait si bien :

— Ma propriété se trouve à environ vingt-cinq kilomètres de Lexington. Elle comporte deux écuries, un paddock et un manège intérieur. Ce sera idéal pour l'entraînement.

Après la première course de Keeneland, en avril, nous prendrons des dispositions pour y installer le cheval.

— D'accord, approuva Dina.

— Demain matin, je téléphonerai à mon avocat pour qu'il prépare le contrat.

— Demain ? C'est un dimanche ! s'exclama la jeune femme, un peu ahurie.

Tony haussa les épaules d'un air négligent.

— Je sais... Mais, ainsi, nous aurons des papiers en règle au plus tard lundi matin, avant l'heure fixée pour le règlement du cheval. Comme je vous l'ai dit au Cercle, il s'agit d'une association à parts égales, en tous points.

A nouveau, Dina hocha la tête, vaincue par tant de calme détermination.

— A présent, j'ai encore une question, lança brusquement Tony après un bref silence. Quel nom avez-vous choisi pour notre champion ?

Dina détourna aussitôt les yeux et contempla fixement son verre pendant une interminable minute. Finalement elle redressa la tête, comme à chaque fois qu'elle devait affronter une situation embarrassante, et déclara fortement :

— Vengeur...

Son cœur parut s'arrêter de battre pendant que le silence s'éternisait puis Tony déclara finalement d'une voix calme :

— Cela me convient tout à fait.

Pourtant, son expression révélait des sentiments si intenses que Dina voulut s'expliquer.

— Je... commença-t-elle péniblement.

Aussitôt, il lui coupa gentiment la parole.

— Assez parlé affaires pour ce soir. Pourquoi ne pas profiter de la musique ?

Une autre heure s'écoula tandis qu'ils se détendaient en écoutant l'enchaînement des morceaux de danse et conversaient à bâtons rompus. Tony avait commandé deux autres verres de vin blanc et l'alcool commençait à réchauffer délicieusement Dina. Elle se sentit bientôt plus détendue qu'elle ne l'avait jamais été depuis des années.

— Si nous dansions ? proposa soudain Tony.

Brusquement intimidée, la jeune femme secoua lentement la tête.

— Je n'ai plus dansé depuis cinq ans, expliqua-t-elle en rougissant légèrement. Non... Vraiment... Je crois que je ne pourrai pas...

— Ne pensez pas à ce que vous pouvez faire ou non, affirma Tony en repoussant la table basse et en lui prenant la main. Ce soir... tout est possible.

Et, sur cette phrase sibylline, il entraîna sa cavalière vers le milieu de la piste.

Dina se força à sourire et enlaça, un peu

gauche, les épaules de Tony. Quant à lui, il la prit dans ses bras et l'approcha doucement de lui. Ses mouvements étaient pleins de grâce et il suivait le rythme de la musique avec une telle aisance que Dina l'accompagnait sans même s'en apercevoir.

Leurs pas s'accordaient à la perfection, comme naturellement portés par l'intimité naissante qui les unissait de plus en plus étroitement. La chaleur du corps de Tony se communiquait à celui de la jeune femme. Assez... protesta secrètement Dina. Mais en vain... Submergée par une ivresse qu'elle n'avait jamais connue auparavant, Dina sentait son corps lui échapper...

Ils dansèrent longtemps. Lorsque la musique s'arrêtait entre deux morceaux et que Dina tentait de s'éloigner, Tony l'en empêchait doucement, sans un mot...

La tête appuyée sur sa poitrine, elle se laissait guider par les mouvements de Tony. Elle percevait la vibration de ses muscles à travers la souple étoffe de son costume, l'odeur discrète de son eau de toilette qui se mêlait agréablement au doux parfum de son corps.

La main de Tony, sur ses reins, s'était mise en mouvement doucement, en une sorte de lent massage, et Dina se sentit étrangement oppressée. Ignorant les doigts qui irradiaient le désir au creux de ses reins, elle redressa la tête et s'écarta de lui pour le fixer intensément. Elle vit alors dans ses yeux le reflet d'une tension intérieure égale à la sienne. Penchant vers elle ses lèvres, il prit sa bouche pour un long baiser passionné qui lui coupa le souffle.

Le cœur battant à tout rompre, Dina tenta de le repousser doucement.

— Tony... Non ! souffla-t-elle.

Mais il la tenait fermement dans l'étau de ses bras. Alors, une vague brûlante courut dans les veines de Dina ; vaincue, elle appuya sa joue contre l'épaule de Tony.

Quand elle se rendit compte que la musique s'était arrêtée, Tony l'avait reconduite à sa table, réglé l'addition et, déjà, il l'entraînait vers la sortie.

A travers une sorte de brouillard, Dina se sentit gentiment poussée à travers la salle du restaurant jusque dans le hall de l'hôtel. Elle chercha à se ressaisir mais son esprit n'obéissait plus aux ordres et les mouvements désordonnés de son cœur l'empêchaient même de parler.

Devant la porte de sa chambre, après avoir maladroitement fouillé dans son sac pour y trouver la clé, Dina tenta une dernière fois de résister.

— Tony, je... commença-t-elle.

Mais il ne la laissa pas poursuivre : renversant sa tête doucement dans le creux de ses

mains, il se pencha sur elle et but longuement à ses lèvres. C'était un baiser comme
Dina n'en avait jamais reçu jusqu'alors. Il
irradiait du corps de Tony, de son visage, de
ses lèvres frémissantes, une chaleur telle que
le feu du désir s'empara de Dina tout entière
et lui arracha un râle de plaisir.

Puis, toujours silencieux, ils se détachèrent
l'un de l'autre. Tony ouvrit la porte. Dina
sentait ses jambes se dérober sous elle
lorsqu'elle pénétra dans la chambre. Elle
avait laissé une lampe allumée et une douce
lueur baignait la pièce.

Tony referma lentement la porte puis s'approcha de la jeune femme.

— Je... Je voudrais vous dire que... balbutia-t-elle.

Mais, d'un baiser, il l'interrompit et ses
lèvres ardentes balayèrent aussitôt tous les
doutes de Dina...

— Je sais... murmura-t-il au creux de son
oreille.

Oui, pensa Dina en s'abandonnant à son
étreinte, Tony devinait ses pensées les plus
intimes. Il la comprenait, la réconfortait. Il
savait ce que cela représentait pour la jeune
femme, après des années de solitude, d'accueillir brusquement un homme qu'elle
connaissait à peine dans sa chambre d'hôtel.
En fait, il s'agissait pour elle d'une situation
impensable. Pourtant, cela se déroulait exac-

tement comme dans un rêve, sans que l'on puisse intervenir...

Et Tony, Dina en était sûre, connaissait le trouble de son cœur...

Au même moment, en effet, les pensées de Tony suivaient, elles aussi, le même chemin.

Ce soir, pendant le dîner et plus tard, tandis qu'il la tenait dans ses bras sur la piste de danse, il avait compris que Dina Harwell était différente de toutes les autres femmes qu'il avait pu rencontrer jusque-là.

Oui, Dina avait une personnalité tout à fait exceptionnelle et... si attachante. Alors, cédant à l'attirance folle qui l'entraînait vers elle, il avait enfin posé ses lèvres sur les siennes ; au même moment, son corps tout entier basculait dans un vertige inconnu et étourdissant. Maintenant encore, tandis qu'il l'étreignait au risque de la briser, il comprenait brusquement que sa vie venait de changer d'un seul coup et que cette rencontre bouleversait à jamais la confortable quiétude de son célibat.

Le cœur de Dina battait à se rompre quand elle rendit à Tony son baiser. Fougueuse, elle pressa son corps contre le sien et ses mains frémissantes cherchèrent le contact de sa peau à travers la chemise.

Soudain les bras de Tony la saisirent plus fortement encore par la taille ; elle se sentit soulevée de terre, flottant comme une plume dans les airs et cessa de penser en s'abandonnant contre son torse tandis qu'il la portait vers le lit pour la déposer doucement sur les draps frais. Alors qu'elle était attentive à la tiédeur vivante de ses mains, il plongea son regard dans le sien.

Lentement, comme s'il effeuillait une rose, il la libéra de ses vêtements qui glissèrent sans bruit au bas du lit.

— Dina... Dina... murmurait-il sans fin, émerveillé par sa beauté.

Elle gémit doucement quand il s'écarta d'elle pour mieux la contempler. La peur, le désir, une sorte de panique amoureuse, qu'elle n'avait jamais connue avant, menaient à l'intérieur de son corps un combat ardent. Comme dans un rêve elle vit Tony se défaire lui aussi de ses vêtements et admira la fermeté mince de son torse où le dessin élégant des muscles traçait des lignes nerveuses sous la peau lisse et bronzée.

Très vite, il la rejoignit sur le lit et coula ses bras sous ses épaules. Elle se cambra et murmura des mots inintelligibles pendant qu'il la couvrait de baisers fébriles. Il caressait ses hanches fines, ses cuisses fuselées, la vallée soyeuse de sa gorge.

Quand il s'écarta légèrement d'elle, Dina tendit les bras pour le retenir mais il ne s'était éloigné que pour mieux la posséder et, basculant dans un vertige tourbillonnant, elle sentit sa chaleur brûlante pénétrer au creux de ses reins.

Un râle profond s'échappa de sa gorge tandis que leurs corps accordaient leurs rythmes pour tracer les arabesques ivres de l'amour jusqu'à ce que le plaisir explose en eux comme une tempête et les emporte aux limites du réel. Ensemble, ils furent submergés par une vague géante qui les roula un instant à son gré avant de les reposer, épuisés, sur un rivage inconnu.

Un long moment plus tard, ils rouvrirent les yeux comme pour s'assurer de la présence de l'autre et leurs lèvres s'unirent en un baiser tendre, complice. Dina sentait le regard de Tony posé sur elle en une interrogation muette.

— Je sais... murmura-t-elle.

Elle aurait voulu poursuivre, expliquer ce qu'elle ressentait vraiment mais les mots exacts lui échappaient. Pourtant, elle aurait aimé lui dire qu'il avait été le premier à éveiller en elle l'essence de sa féminité, le premier à lui révéler la magie de son propre corps.

Il sourit, comme s'il avait compris, et posa un doigt tendre sur ses lèvres. Fermant alors les yeux, la jeune femme posa la tête sur sa poitrine et se laissa glisser dans le sommeil.

Un long moment plus tard, Dina s'éveilla à

nouveau. Elle était blottie dans les bras de Tony dont elle percevait le souffle profond et régulier. La lumière de la petite lampe du salon, toujours allumée, avait dû la réveiller et elle se leva pour l'éteindre.

La lueur de l'aube pointait déjà dans le ciel. Elle s'enveloppa de son peignoir de bain pour demeurer quelques instants à la fenêtre en contemplant le paysage.

Les pensées tournoyaient follement dans sa tête tandis qu'elle revivait les instants passés. Certes, elle avait déjà connu d'autres hommes auparavant mais aucun ne s'était emparé aussi intensément de son être profond. Cette nuit, quelque chose d'entièrement nouveau, quelque chose d'inattendu et de merveilleux s'était produit et elle ne savait s'il fallait s'en réjouir ou... s'en inquiéter.

Elle se sentait remplie d'un enthousiasme irrépressible et, en même temps, se recommandait la plus extrême prudence. Tu ne le connais pas encore assez, se répétait-elle inlassablement. Tu viens juste de le rencontrer et, quelquefois, un coup de foudre n'est que le prélude à une cruelle désillusion...

Elle se remémora les conseils de sa mère, un jour où, âgée de seize ans, elle s'était entretenue avec elle de l'amour et du mariage.

— Comment saurai-je reconnaître celui qui m'est destiné ? avait-elle demandé.

Laura Harwell avait hoché la tête en souriant tendrement.

— Ne t'inquiète pas, ma chérie. Il peut se passer beaucoup de temps avant que tu ne rencontres le frère de ton cœur, le sûr appui de ta vie. Mais, quand tu le verras, tu le reconnaîtras au fond de toi-même. Car si, intérieurement, tu ne sens pas cette adhésion spontanée à l'autre, ce désir de l'aimer et de te dévouer à lui, c'est qu'il n'a pas, pour toi, le visage de l'amour. Demain, peut-être, tu peux le rencontrer. Mais cela peut aussi attendre de longues, longues années. Pourtant, le jour où il croisera ton chemin, tu le sauras.

Dina avait regardé sa mère, les yeux brillants.

— C'est ce qui t'est arrivé avec papa ?

Laura lui avait caressé les cheveux.

— Oui. Au premier regard, j'ai su que c'était lui...

Aujourd'hui, ces paroles résonnaient dans la mémoire de la jeune femme avec la même force. Tony serait-il cet homme que lui réservait son destin ? Tout de même, qu'allait-il penser d'elle après cette nuit ? Avait-elle eu tort de lui céder ?

Dina comprit que cette question n'avait pas de sens. Ce qui était fait était fait. Peut-être même l'amour avait-il son mot à dire entre eux. En tout cas, jamais Dina n'avait éprouvé de tels sentiments à l'égard d'un homme.

Une sensation de fatigue l'envahit. Dehors, le ciel rougeoyait ; il devait être presque sept heures. Avec un soupir de bien-être, Dina se dirigea à nouveau vers le lit pour y retrouver la chaleur accueillante de Tony.

Au contact du corps tiède de la jeune femme, il s'éveilla à demi et la serra tendrement contre lui, heureux de sa présence, encore vibrant des souvenirs de leur nuit d'amour.

— Bonjour, murmura doucement Dina dans le creux de son oreille.

Il battit des cils et déposa un petit baiser sur ses cheveux.

— Bonjour, ma beauté.

La caresse soyeuse de la peau de Dina éveilla brusquement son désir. Mais, avant même qu'il ait pu prendre quelque initiative, il se sentit repoussé sur les draps tandis que Dina se penchait sur lui pour le couvrir de baisers passionnés. Cette fois, c'était elle qui menait le jeu et Tony s'abandonna avec délices à la fièvre de ses caresses. Bientôt, leurs corps se fondirent et l'extase les balaya pour les abandonner, épuisés et heureux, sur les rivages de la plénitude...

Cette fois, ce fut Tony qui s'éveilla le

premier. Dina dormait encore profondément et, sans faire de bruit, il se glissa hors du lit pour se diriger vers la salle de bains. Après s'être rafraîchi, il enfila rapidement ses vêtements et griffonna quelques mots sur un papier qu'il déposa sur la table de chevet. Avant de quitter la chambre, il se retourna une dernière fois pour contempler la jeune femme qui reposait, gracieuse, ses cheveux blonds comme en corolle autour de son visage, dans le jour naissant.

Puis il regagna sa propre chambre et, aussitôt, s'empara du téléphone pour donner quelques instructions à la réception.

Plus tard, tandis qu'il se coulait sous une douche bien chaude, il se surprit à chantonner... Brusquement, il s'arrêta, le savon à la main, et éclata de rire.

Jamais, non, jamais, il n'avait chanté, ni même fredonné sous la douche !

S'il était si heureux, à qui donc le devait-il ?

A qui ?

Mais à Dina... La sauvageonne, qui lui avait offert plus que son corps.

... Qui lui avait offert sa troublante fragilité et l'éclat pur de sa tendresse naissante.

Chapitre 6

En s'éveillant le dimanche matin, Dina se remémora aussitôt la nuit écoulée. Elle se tourna vers l'autre côté du lit et trouva la place de Tony vide...

Dans la lumière crue du jour, maintenant franchement levé, Dina se demandait brusquement si la fièvre de leurs étreintes n'avait pas été un rêve.

Et même si la réalité avait enfin rejoint ses plus chers désirs, cela signifiait-il pour autant que Tony partageait vraiment ses sentiments ?

Maintenant que tous deux étaient devenus plus que de simples associés, se préoccupait-il vraiment du contrat ? Peut-on à la fois être des amants et des partenaires en affaires ? Surtout lorsque leur alliance couvrait un risque financier aussi élevé ?

Soudain, elle revit la ravissante déesse blonde qu'elle avait vue en sa compagnie. Qui était-elle ? Tony Chandlor serait-il un incorrigible séducteur, cherchant auprès des femmes le plaisir d'une rapide conquête ?

Dina tenta de repousser ces pensées. Elle écarta les draps et se leva pour aller prendre une douche. En passant près de la table de chevet, elle aperçut un billet glissé sous la lampe.

« Bonjour !
Rendez-vous pour le petit déjeuner à dix heures...

T. »

Ouf ! pensa-t-elle, rassurée. Un instant, elle avait cru qu'il s'agissait d'un... billet d'adieu !

Gagnant la salle de bains, elle se glissa derrière le rideau de la douche et fit ruisseler sur son corps encore engourdi la caresse apaisante de l'eau chaude.

Plus tard, alors qu'elle se frictionnait vigoureusement à l'aide d'une large serviette blanche, elle entendit frapper à la porte.

— Oui ? lança-t-elle, surprise.

— C'est pour le service... répondit une voix étouffée.

— Un moment !

Dina revêtit rapidement son peignoir de bain. Il s'agissait d'une sorte de kimono en cotonnade turquoise ornée, dans le dos, d'un dragon aux couleurs éclatantes.

102

Tout en nouant la ceinture autour de sa taille fine, elle se dirigea vers la porte.

Tout d'abord, la vision d'une table roulante chargée de tasses et de pots divers s'imposa à ses yeux.

Puis le regard de Dina glissa plus loin et rencontra... Tony qui, souriant d'un air malicieux, poussait lui-même la table roulante !

— Bonjour ! fit-il gaiement.

Interloquée, la jeune femme le contempla fixement. Il lui fallut quelques secondes pour reprendre ses esprits. Finalement, sans un mot, elle recula pour le laisser passer.

Vêtu d'un jean et d'une chemise bleu ciel, il paraissait rayonner d'un dynamisme contagieux.

— Etes-vous toujours aussi ravissante au réveil ?

Son regard, flatteur, errait sur son visage.

— Seulement lorsque je découvre de mystérieux billets galants sur ma table de chevet, rétorqua-t-elle, mutine.

— Ah ! Bon... Dans ce cas, je veillerai à ce que vous en trouviez d'autres.

Il disposa deux chaises près de la table roulante et annonça :

— Le petit déjeuner est servi !

— Pas tout de suite... répondit Dina, un peu gênée. Je dois d'abord m'habiller...

— Mais je vous trouve très bien ainsi...

Ses yeux disaient assez toute la sincérité

qu'il mettait dans cette affirmation. Dina se sentit rougir.

— Mais... Je n'en doute pas... murmura-t-elle. Seulement...

Elle hésita. En fait, elle mourait d'envie de se jeter dans ses bras mais parvint à résister à la tentation.

— Donnez-moi seulement quelques minutes... dit-elle.

Et elle se dirigea vers la penderie pour y saisir un pantalon et un chemisier. L'élégance sophistiquée, en l'occasion, n'était pas de mise, pensa-t-elle.

Mais Tony ne se laissa pas aussi facilement convaincre.

— D'abord un baiser ! réclama-t-il.

Sa voix avait un tel ton de commandement que le mouvement de Dina s'arrêta net.

Elle se retourna et croisa son regard. Une seconde plus tard, il avait franchi en trois pas la distance qui les séparait pour la prendre dans ses bras.

Dina ne lui résista pas... C'était au-delà de ses forces.

Pressée contre sa poitrine, des aiguillons de feu couraient dans ses veines tandis qu'il forçait sa bouche et l'embrassait fiévreusement.

Le souffle coupé, Dina s'abandonna.

Haletante, elle réussit, après un long

moment, à le repousser et trouva la force d'articuler :

— Je... Je croyais que le petit déjeuner était servi...

Il secoua la tête d'un air faussement innocent et éclata de rire. Profitant de cet instant, Dina saisit ses vêtements et disparut dans la salle de bains.

Quand elle en ressortit, cinq minutes plus tard, le couvert du repas était soigneusement disposé sur la table ronde de la chambre.

Tranquillement assis, il la contempla avec une admiration non feinte.

Elle avait revêtu une paire de jeans d'une exquise couleur lilas qui s'harmonisaient avec le chemisier de soie rose très pâle dont l'échancrure, ourlée de fine dentelle, laissait apercevoir l'éclat tendre de la gorge. Ses cheveux souples et brillants, simplement brossés en arrière, retombaient en cascade sur ses épaules.

Souriante, elle s'assit gracieusement en face de lui.

— Avez-vous faim ? demanda-t-il.

— Qu'y a-t-il au menu ?

Levant les mains en un geste théâtral, il répondit avec emphase :

— Pour commencer, madame, un jus d'orange fraîchement pressée... Puis des œufs au bacon accompagnés de café noir. En somme, un petit déjeuner parfaitement campagnard.

Dina éclata de rire.

— Et ce champagne, là... lança-t-elle malicieusement : est-il de bonne marque ?

— De la meilleure, répondit Tony en sortant la bouteille du seau pour l'ouvrir.

Puis il mélangea le liquide ambré et pétillant à quelques mesures de jus d'orange dans un élégant verre tulipe.

Tout en l'observant, Dina se demanda brusquement comment Tony avait bien pu deviner que ce cocktail était sa boisson favorite pour les petits déjeuners de fête...

Avec l'adresse d'un serveur professionnel, il souleva ensuite le couvercle d'argent qui tenait au chaud le plat d'œufs au bacon.

— J'espère qu'ils seront à votre goût, annonça-t-il gravement.

En riant, elle le rassura :

— Tout cela me semble absolument parfait...

Les yeux dans les yeux, tous deux levèrent silencieusement leurs coupes et burent d'un air grave, plongés dans leurs pensées les plus secrètes, chacun portant un toast à ses désirs inexprimés.

Le frais mélange de champagne et de jus d'orange donna un coup de fouet à Dina. Elle sourit à Tony en reposant sa coupe.

— Quels sont vos projets pour la journée ? demanda-t-il en lui rendant son sourire.

— J'avais l'intention d'aller voir le poulain...

— Si nous nous y rendions ensemble ? Nous pourrions ensuite poursuivre notre promenade et faire un tour dans la campagne...

Dina réfléchit quelques secondes.

— Cela me plairait beaucoup, acquiesça-t-elle finalement.

Ils terminèrent leur petit déjeuner en silence. La présence de Tony éveillait chez Dina un trouble dont, à présent, elle connaissait mieux la cause.

Etait-elle donc tombée amoureuse de lui ?

Tant qu'elle n'aurait pas répondu à cette question, une tension subsisterait entre eux...

— Vous voilà bien songeuse... remarqua soudain Tony en reposant sa tasse de café. Vous pensiez au poulain ?

Surprise au milieu de ses réflexions les plus intimes, Dina sursauta.

— Pas précisément...

Il scruta vainement son visage.

Changeant alors de sujet, il s'enquit de ce que Dina avait prévu pour l'entraînement.

— J'ai déjà résolu ce problème, répondit-elle avec assurance.

— Vous avez donc trouvé un entraîneur ?

Elle ne répondit pas.

Curieux, Tony insista :

— Sammy Regan ?

— Non...

Le laconisme de la jeune femme piqua Tony au vif. Mais que lui cachait-elle donc ?

— Qui alors ? répéta-t-il.

Dina observa une courte pause puis prononça tranquillement :

— Moi.

— Mais... Dina...

Il la regarda, les yeux ronds.

Impassible, elle soutint bravement son regard.

— Je ne suis pas venue simplement dans le Kentucky pour acheter un cheval et le confier ensuite à quelqu'un qui pourrait lui casser son talent. J'ai donc l'intention d'entraîner Vengeur.

— Mais que savez-vous de ce travail ? objecta Tony d'un air incrédule.

— Cela, monsieur Chandlor, vous l'apprendrez bientôt...

Le ton ferme de sa voix fit comprendre à Tony qu'elle désirait mettre fin à ce sujet. Pourtant, il insista encore :

— Il ne suffit pas d'acheter un cheval pour devenir entraîneur... C'est un métier qui exige des années d'apprentissage, des examens, une licence spéciale... Même moi, malgré toute l'expérience acquise chez mon père pendant ma jeunesse, je ne m'y risquerais pas...

Butée, Dina détourna son regard sans répondre.

Finalement découragé par son mutisme, Tony haussa les épaules et décida de remettre à plus tard cette discussion pour ne pas brusquer inutilement la jeune femme. Il la sentait tendue à l'extrême et ne désirait nullement gâcher l'harmonie de cette journée qui s'annonçait si bien...

Il soupira et demanda alors :

— A quel rythme comptez-vous faire travailler Vengeur ?

Dina rejeta ses cheveux en arrière.

— En fait, commença-t-elle, je crois que je vais le former dès le début, l'entraîner sans relâche, afin de ne pas perdre de temps...

A nouveau, Tony eut envie de protester mais il se retint.

— ... Ce qu'il faut, poursuivait Dina, c'est parvenir à engager Vengeur dans le prix de Bashford Manor.

Cette fois, c'en était trop...

— Quoi ? s'exclama Tony, incrédule. Une compétition pareille pour sa première course ?

— Pourquoi pas ? rétorqua Dina avec assurance. Cette course est ouverte aussi bien aux jeunes chevaux qu'aux champions certifiés. Je vous ai déjà expliqué que Vengeur devait viser le derby au plus vite ; je n'ai donc nullement l'intention de le risquer dans de petites compétitions indignes de lui ! Il a deux ans, et les jambes d'un poulain sont précieuses. Il courra donc exclusivement des grands prix dans l'espoir d'une qualification rapide pour le derby !

Tony commenta cette tirade d'un air résigné.

— Le principe est bon, chère associée, mais vous avez l'air d'oublier que l'entretien du cheval coûte très cher. Et s'il ne gagnait pas le Bashford ? La saison sera alors trop avancée pour qu'il ait l'occasion de se rattraper. Il ne lui restera que de petites courses, et nous serons bien obligés, alors, de l'y inscrire...

— Il gagnera, affirma Dina d'un ton péremptoire.

Tony lut dans ses yeux une détermination si farouche qu'il n'osa l'interroger plus avant sur ses projets. Ils avaient bien le temps d'en reparler...

— Et cette promenade ? demanda-t-il soudain d'une voix conciliante. Toujours d'accord ?

Dina se sentit un peu rougir en le voyant ainsi revenir à des réalités plus aimables. Elle se rendait compte que ce bref échange avait frôlé l'affrontement et qu'il lui était difficile de rester calme dès qu'il s'agissait de Vengeur.

Heureusement, Tony semblait résolu à éviter tout conflit.

Dina se leva à son tour.

— Magnifique... lança-t-elle avec une gaieté un peu forcée. Nous avons de la chance : le soleil est de la partie, lui aussi !

En fin de journée, revenue dans sa chambre, Dina avait revêtu pour le dîner sa robe de lainage fuchsia. Elle devait rejoindre Tony au restaurant de l'hôtel et tenait à porter une tenue plus féminine qu'un jean...

La journée avait été pleinement réussie.

Au volant de sa voiture, Tony s'était fait un plaisir de la conduire au hasard des petites routes pittoresques du Kentucky, bordées d'innombrables haras et de prairies d'un vert étincelant.

Avec ses écuries ocre, ses collines ondulant doucement jusqu'aux montagnes qui, au loin, barraient l'horizon, le paysage réveillait les souvenirs d'enfance de Dina.

Elle aurait voulu vivre dans ce pays jusqu'à la fin de ses jours et ne jamais retourner dans l'enfer de New York.

Par un accord tacite, tous deux avaient réussi à éviter de parler à nouveau du cheval.

En cours de route, Tony avait arrêté la voiture pour une courte promenade. Il sembla alors à Dina que la chose la plus naturelle du monde était de contempler silencieusement la campagne environnante en tenant Tony tendrement par la main.

Dès leur retour à l'hôtel, il l'avait invitée à dîner et elle avait accepté aussitôt, désireuse de ne pas rompre le cercle magique à l'intérieur duquel ils évoluaient depuis le matin.

De sa chambre, Dina avait alors téléphoné à New York à l'agence financière qui l'employait pour annoncer que son retour serait retardé d'un jour ou deux.

Cela n'avait pas présenté de difficultés car le bureau était équipé, même le dimanche, d'une permanence téléphonique.

Tandis qu'elle se dirigeait vers les ascenseurs pour gagner le hall puis le restaurant ouvrant sur le patio, Dina se sentait détendue et prête à profiter pleinement de ces instants de bonheur que, quelques jours encore auparavant, elle n'aurait pu imaginer...

A son entrée dans la salle, elle chercha Tony des yeux et le repéra au moment même où il se levait en lui faisant amicalement signe de la main.

Elle se dirigea vers lui, lui sourit et comprit alors que les sentiments qui l'animaient à l'égard de cet homme qu'elle connaissait pourtant depuis si peu de temps allaient en s'approfondissant.

A peine arrivée à sa hauteur, elle détourna les yeux du visage de Tony et son cœur s'arrêta soudain de battre...

La ravissante jeune femme blonde qui l'accompagnait le premier soir de leur rencontre était là...

Un frisson glacé courut le long de son dos ; une vive douleur transperça sa poitrine.

Ainsi, Dina, comme avec Jason, s'était encore trompée...

Bouleversée par l'effondrement brusque de toutes ses illusions, elle vacilla, désemparée.

Mais, déjà, Tony prenait sa main et avançait galamment une chaise. Incapable de réagir, Dina ne put que lui obéir docilement.

Quelle folie de s'être laissé une nouvelle fois duper par un homme. Dès le début, pourtant, elle avait cherché à résister à sa séduction. Mais il l'avait poursuivie de ses assiduités, envoûtée, conquise...

Et maintenant, elle se rendait compte que tout cela n'avait été qu'un jeu pour lui.

A travers un épais brouillard, la voix de Tony s'éleva alors.

— Dina Harwell, je suis heureux de vous présenter ma sœur, Amanda Chandlor...

Il fallut à Dina une bonne minute pour saisir le sens de cette phrase apparemment si anodine.

Elle crut défaillir... de joie, cette fois !

Avec un sourire encore un peu crispé, elle saisit la main fraîche et ferme que lui tendait Amanda et murmura :

— Enchantée de vous connaître...

Avaient-ils, tous deux, remarqué son trouble, se demanda-t-elle avec une pointe d'angoisse. Voilà bien la preuve qu'elle, Dina, était tombée amoureuse de cet homme : déjà, elle connaissait la morsure de la jalousie...

— Après tout le bien que mon frère m'a dit de vous, déclara Amanda, je suis, moi aussi, ravie de vous rencontrer.

— Je ne sais trop quels mensonges Tony a bien pu vous dire, rétorqua Dina en rougissant malgré elle. Je ne suis pas un être aussi extraordinaire que cela !

— Au contraire, murmura Tony, les yeux posés sur elle. On ne rencontre pas tous les jours une femme aussi passionnée que vous...

Elle devint pourpre, cette fois-ci, en croyant percevoir dans ces mots une allusion à son trouble précédent ! Décidément, Tony la comprenait très bien...

Trop bien !

Le maître d'hôtel vint apporter le vin de grand cru commandé par Tony et tous trois levèrent leurs verres.

— A notre association ! lança joyeusement Tony.

114

Et ils savourèrent lentement l'excellent bordeaux qui scellait leur entente.

— Et maintenant... poursuivit Tony en tirant de sa poche une large enveloppe brune... Voilà les papiers.

Dina le contempla, interdite.

Comment avait-il pu trouver le moyen de faire rédiger le contrat en si peu de temps.

— Mais... Nous sommes dimanche !

Elle ne parvenait pas à dissimuler son étonnement.

— Remercions Amanda, tout simplement, expliqua Tony avec un sourire entendu. Elle n'est pas seulement ma sœur mais aussi avocate de talent ! Et, pour me faire plaisir, Amanda a rédigé à notre intention un contrat d'association.

Dina saisit l'enveloppe que Tony lui tendait et l'ouvrit.

Elle en sortit trois feuilles de papier timbré, rédigées à la machine et les parcourut rapidement du regard.

— Il s'agit d'une association classique, déclara Amanda. Aucune clause particulière... sinon qu'il est exclusivement fait état d'un accord mutuel en vue de l'achat et de l'entraînement d'un pur-sang de deux ans. Les responsabilités seront strictement partagées, ainsi, d'ailleurs, que tout le reste, à savoir, bien sûr, les bénéfices. Je suis persuadée que votre homme de loi approuvera ce texte.

Dina acheva sa lecture et respira, rassurée.

Le contrat était bien tel qu'Amanda l'avait présenté. En tant que spécialiste de gestion financière, Dina avait l'habitude d'analyser de tels documents. Il lui fut donc facile de juger sur-le-champ que l'association prévue se fondait sur des termes justes et équitables.

Une clause prévoyait le cas où l'un des deux partenaires désirait dissoudre l'accord, et en fixait les modalités. Là encore, rien de plus légal...

Dina leva les yeux et fixa tour à tour le frère et la sœur.

— Je ne pense pas avoir besoin d'un homme de loi, dit-elle posément.

Tony lui lança un sourire heureux mais la réaction d'Amanda fut tout autre.

— Dina, je suis, certes, la sœur de Tony mais, en temps qu'avocate, il me faut attirer votre attention sur le fait que vous ne devez rien signer avant d'avoir fait examiner ce contrat par un homme de loi.

— J'apprécie votre fair-play, Amanda, mais mon homme de loi se trouve à des centaines de kilomètres d'ici et j'ai l'habitude de ce genre de documents. Tony, avez-vous un stylo ?

Il insista à son tour.

— Vraiment, Dina, vous êtes d'accord sur tous les points du contrat ?

— Pourquoi ? répliqua-t-elle avec un sourire malicieux. Votre chèque ne serait-il pas prêt ?

Pour toute réponse, Tony lui tendit son stylo et elle eut tôt fait d'apposer sa signature sur les trois exemplaires du contrat.

A son tour, il les signa ; Amanda fit de même, en tant que témoin. Puis la jeune avocate tira d'une élégante serviette de cuir un chèque qu'elle tendit à Dina en déclarant, avec une solennité affectée :

— Je vous déclare maintenant... associés.

— Pour le meilleur... Je l'espère, ajouta Tony.

Dina sentit un instant la tête lui tourner. Tout cela paraissait trop beau, trop irréel. Elle se demandait encore ce qui se serait passé si Tony Chandlor n'avait pas brusquement surgi, après la vente aux enchères, pour lui proposer justement l'aide dont elle avait tant besoin.

Au même moment, le maître d'hôtel apporta les menus. Tout en étudiant la carte, Dina chercha à remettre un peu d'ordre dans ses pensées. Il s'était passé tant de choses depuis deux jours... Elle souriait à présent d'elle-même et de ses doutes en évoquant sa réaction devant l'apparition d'Amanda Chandlor. Jalouse, outragée, elle avait balayé, d'un coup, toute sa confiance en Tony.

Etait-ce cela, l'amour ?

Non... Sûrement pas.

Et cette révélation fut pour elle semblable à une prière. Si elle devait tout apprendre de l'amour, il fallait bien que ce fût maintenant... ou jamais !

Le dîner fut animé et les deux femmes sympathisèrent vivement. Dina avait toujours mené une vie solitaire, même à l'école et à l'université. Elle s'était fait peu de véritables amies, trouvant généralement que ses camarades manquaient par trop de maturité.

Elevée par ses parents dans le respect de solides traditions, dans le culte de la vérité, la frivolité des jeunes de son âge lui avait souvent paru insupportable. Certes, elle aimait rire, elle aussi. Mais elle ne se sentait aucun goût pour les jeux de la séduction et de l'ambition, au-delà de tous scrupules...

La solitude lui avait paru alors bien préférable à de fausses relations mondaines.

Mais, avec Amanda, tout paraissait différent. Son naturel enjoué, son intelligence et, en même temps, sa gravité plurent immédiatement à Dina et conquirent ce qui lui restait de méfiante réserve.

Tony aiguilla la conversation sur l'alimentation du cheval et les soins courants à lui apporter.

Maintenant que le contrat était signé, Dina parla plus librement de ses méthodes.

— ... Lorsque Vengeur sera habitué à son nouvel environnement, expliqua-t-elle, je lui ferai faire d'abord quelques tours à la longe dans l'écurie puis, ensuite, je le monterai pour de petites promenades faciles à l'extérieur avant de lui apprendre à obéir aux rênes...

Amanda l'interrompit.

— Comment... s'étonna-t-elle. C'est vous qui allez faire le dressage du poulain ?

— Mais oui... expliqua Dina avec assurance.

— Ne croyez-vous pas qu'il serait préférable de laisser l'entraîneur s'occuper de cela ? intervint soudain Tony.

— Mais je suis l'entraîneur ! s'exclama Dina. Nous en avons déjà parlé ce matin.

— Non, Dina... coupa Tony. Vous êtes, j'en suis sûr, une excellente conseillère en gestion. Mais ce dont nous avons besoin, en l'occurrence, c'est d'un maître-entraîneur expérimenté et, naturellement, dûment licencié... J'ai parlé à Mitchell Wineger, un as qui a souvent travaillé pour mon père. Il examinera le cheval et, s'il lui plaît, il s'en occupera.

Aussitôt, Dina sentit le rouge lui monter au

front tandis que la colère balayait les précédents instants d'harmonie joyeuse.

Se pouvait-il qu'une nouvelle fois elle eût encore à se quereller avec lui à propos de l'entraînement ?

Décidée à se faire clairement comprendre, Dina parla sèchement :

— C'est moi qui entraînerai Vengeur. Et non Mitchell Wineger. Pour votre information, je vous indique que je possède depuis l'âge de vingt ans une licence en règle, valable pour le Kentucky. J'ai appris le métier avec le meilleur entraîneur du pays : mon père, Timothy Harwell. Et mon expérience n'est plus à démontrer.

A l'évocation de son père tant aimé, elle sentit brusquement des larmes brûlantes lui piquer les paupières. D'un seul coup, Tony Chandlor et sa fortune lui parurent haïssables. Que pouvait-il bien savoir, lui, des épreuves réelles de ce métier ? C'était un enfant gâté, rien d'autre...

Et il prétendait lui donner des leçons !

— Votre argent vous a peut-être permis d'acquérir aisément la moitié des parts sur ce cheval, monsieur Chandlor, poursuivit-elle, de plus en plus glaciale, mais cela ne vous autorise pas à tout contrôler ! Bonsoir !

Elle se leva brusquement et, très raide, quitta le restaurant, emportant avec elle l'ultime vision du visage crispé de Tony et de la stupéfaction de sa sœur.

Au lieu de remonter directement dans sa chambre, Dina se dirigea vers la sortie de l'hôtel et se laissa envelopper par la fraîcheur de la nuit.

Elle comprenait maintenant qu'elle avait voulu repousser la réalité et croire à une union possible entre Tony et elle.

Mais ils étaient de milieux trop différents. Lui, riche, insouciant, ne pouvait en aucun cas partager les motivations profondes qui la poussaient à se risquer dans une pareille entreprise. Et voilà qu'à présent, il voulait même lui ordonner de suivre sa volonté !

Personne, non, personne d'autre qu'elle ne toucherait à Vengeur...

Dans la rue déserte, un vent froid monta de l'ouest et vint se plaquer contre elle. Dina frissonna longuement et croisa les bras sur sa poitrine, comme pour retenir un peu de sa chaleur.

Ignorant les larmes de chagrin et de dépit qui ruisselaient sur ses joues, elle leva lentement le visage vers le ciel étoilé. Une seule chose lui apparaissait avec certitude : elle vengerait son père.

Jamais elle n'abandonnerait ce rêve et quiconque tenterait de l'en empêcher la trouverait au milieu de sa route !

Pendant ce temps, à l'intérieur du restaurant, Tony demeurait figé, les yeux encore rivés à la sortie. Il sentit la main d'Amanda se poser sur la sienne et, encore étourdi par la violence de Dina, se tourna vers sa sœur.

— Je n'arrive pas à y croire... murmura-t-il d'une voix blanche.

— Mais... observa Amanda, vous n'aviez donc pas encore parlé de l'entraînement du cheval ?

Devant le visage embarrassé de son frère, elle eut un rire bref.

— Tony... dit-elle doucement, je ne connais pas encore vraiment Dina mais je crois que je l'aime déjà beaucoup. Elle ne ressemble pas aux autres femmes que tu fréquentes d'habitude. Elle est beaucoup plus sérieuse... mais aussi bien jolie...

— Tu crois que, pour moi, c'est un simple jeu ?

— Est-ce le cas ? demanda-t-elle en le fixant d'un regard clair.

Tony secoua la tête.

— Amanda... Je ne sais plus où j'en suis. Nous nous sommes heurtés dès le premier instant de notre rencontre. C'est d'ailleurs comme cela que j'ai fait sa connaissance. Mais il y a autre chose...

— Elle est amoureuse de toi ! déclara

superbement Amanda avant d'éclater de rire.

Tony fixa sa sœur avec incrédulité.

— Qu'en sais-tu ? Tu ne l'as vue que quelques instants.

— Possible... Mais, néanmoins, j'en suis certaine.

— Ton intuition féminine ?

Il avait prononcé ces mots avec une pointe de sarcasme.

— Non, mon cher frère... rétorqua-t-elle avec un demi-sourire. Disons plutôt que j'ai l'œil exercé d'un avocat... de talent, comme tu l'as si bien dit. J'ai observé la manière dont elle te regardait, dont elle te parlait. Tony... poursuivit-elle plus sérieusement, il ne s'agit pas, pour elle, d'une plaisanterie.

— Je sais... Et je crois même que je l'ai aimée à la première seconde où je l'ai vue. Au début, j'ai tenté de résister mais ce fut impossible.

— Que comptes-tu faire, à présent ?

— Faire ? répéta-t-il. Je n'en sais trop rien... Il va sans doute falloir que je m'accommode du tempérament de ma nouvelle associée !

Mais Amanda ne l'écoutait plus.

Tony connaissait bien cette expression d'intense concentration qu'elle affichait lorsqu'une idée la travaillait.

— N'a-t-elle pas dit, tout à l'heure, qu'elle était la fille de Timothy Harwell ?

Tony hocha la tête en signe d'assentiment.

— Et moi qui pensais que mon frère était toujours à la page ! lança alors Amanda d'un ton moqueur. Tu sais que tu peux être vraiment très distrait, parfois ?

— Que veux-tu dire ?

— Si j'ai bonne mémoire...

— C'est toujours le cas !

— ... Timothy Harwell était un entraîneur bien connu autrefois mais plutôt original. Il y a quelques années — je ne me rappelle plus exactement quand —, on lui a retiré sa licence car il était accusé d'avoir manipulé une course et usé de doping...

— Voilà donc le problème, murmura Tony comme pour lui-même.

Mais Amanda poursuivait :

— Il a toujours nié, mais cela n'a rien changé. Je me souviens que papa en a parlé et j'ai lu un article à ce sujet. Ce fut une drôle d'affaire, en vérité. Tout le monde pensait que le cheval gagnerait la course sans qu'il soit besoin de le doper.

— Et ce cheval, c'était Vivid Dream, n'est-ce pas ?

— Mais... oui !

Tony se leva, très pâle, et regarda sa sœur.

— Je reviens tout de suite, dit-il d'une voix brève. Attends-moi.

124

Dans le hall de l'hôtel, il consulta un annuaire téléphonique et se dirigea vers une cabine où il forma un numéro. La conversation dura quelques minutes.

Quand il regagna la table, Amanda l'interrogea du regard.

— Demain, je saurai tout ce qu'il y a à savoir sur Timothy Harwell, déclara-t-il en reprenant sa place.

— Bien... approuva Amanda. Mais il reste toujours le problème de sa fille.

Absorbé dans ses pensées, Tony ignora ces mots.

— Comment peux-tu être certaine qu'elle est amoureuse de moi ? demanda-t-il finalement à brûle-pourpoint.

Amanda le regarda d'un air moqueur.

— Et toi, comment peux-tu affirmer que tu l'aimes et me poser une telle question ?

Il eut un sourire.

— Maintenant, je comprends pourquoi tu es devenue une si bonne avocate.

— Tony... poursuivit Amanda avec gravité, que vas-tu faire ?

Pour la première fois de sa vie, le séduisant, l'ambitieux, le brillant Tony Chandlor, héritier malgré lui d'une dynastie célèbre dans toute la région, se trouvait bien désemparé... Jusqu'alors, il avait toujours su exactement comment agir, même lorsqu'il s'était opposé à son père et aux diktats de sa puissante famille.

Aujourd'hui, pourtant, il nageait dans l'indécision la plus complète et ce fait même ajoutait encore à son désarroi.

— Je ne sais pas... finit-il par répondre.

— Quoi qu'il arrive, ne la laisse pas tomber... recommanda affectueusement Amanda en posant à nouveau sa main sur celle de son frère.

Elle lut dans ses yeux une réponse qui la fit sourire.

— De toute façon, je crois que tu n'as nullement envie d'abandonner cette jeune femme... conclut-elle.

Et, soudain rasséréné, Tony joignit son rire à celui de sa sœur.

Chapitre 7

De très bonne heure, le lendemain, Dina scrutait le ciel chargé de nuages à travers la fenêtre de sa chambre.

Elle n'avait presque pas dormi de la nuit, en butte à des pensées contradictoires.

Ce matin encore, elle n'avait pas trouvé de réponse à la question qui la tourmentait tellement : pourquoi, mais pourquoi donc, était-elle tombée si soudainement amoureuse de cet homme ?

Mais il n'était plus temps de s'épuiser à de vaines spéculations. Dina se sentait vidée de toutes forces et, après avoir jeté un coup d'œil à sa montre, elle comprit que, dans quelques heures, le destin de Vengeur allait se jouer.

On était lundi matin et il fallait payer le montant exorbitant de l'achat du pur-sang.

A présent, sa décision était prise : compte tenu des divergences énormes qui l'opposaient à Tony Chandlor, il n'était plus temps de tergiverser.

Elle rachèterait à son associé ses parts sur Vengeur et, par la même occasion, reconquerrait ainsi sa liberté.

Evidemment, ce projet s'annonçait presque surhumain. Il allait falloir réunir une très grosse somme d'argent et, même s'il existait de par le pays quelques financiers prêts à consentir le crédit dont elle avait besoin, il n'en restait pas moins que cette entreprise pouvait tout aussi bien se solder par un échec.

Naturellement, il faudrait aussi qu'elle retourne à New York car c'était là que se trouvaient les organismes prêteurs les plus puissants. Malgré son aversion pour cette ville, Dina se sentait prête à endurer encore bien des épreuves pour parvenir au but qu'elle s'était fixé.

Quelques minutes plus tard, elle s'éloigna de la fenêtre et se décida à prendre une douche pour tenter de réveiller son corps engourdi de fatigue.

Puis elle revêtit le tailleur strict qu'elle avait déjà porté pour la vente, brossa ses cheveux en arrière et saisit son sac à main. Il était inutile d'attendre davantage...

Prenant une longue inspiration, elle quitta la pièce et se dirigea d'un pas décidé vers la chambre 423.

Celle de Tony...

Bien qu'elle se sentît parfaitement résolue, Dina eut encore un spasme d'angoisse avant de se décider à frapper.

Trois secondes plus tard, la serrure cliqueta et la porte s'ouvrit pour laisser apparaître un Tony encore endormi.

Torse nu, il ne portait qu'un pantalon de pyjama. Ses cheveux étaient emmêlés et ses traits brouillés par le sommeil.

A la vue de Dina, ses yeux s'arrondirent.

— Eh bien! commença-t-il, pour une surprise... c'est une surp...

Dina ne le laissa pas terminer.

— Je viens vous racheter vos parts, annonça-t-elle brusquement.

Le sourire de bienvenue qui éclairait le visage de Tony disparut aussitôt. Ses yeux se rétrécirent et ce fut d'une voix changée qu'il demanda :

— Très bien. Avez-vous assez d'argent ?

Et, sans attendre, il s'effaça pour lui laisser le passage et refermer la porte derrière elle.

Dina redressa fièrement la tête.

— Je m'arrangerai. Ne vous inquiétez pas. D'ailleurs, il n'est tout de même pas impossible dans ce pays de parvenir à réunir quarante-cinq mille dollars! poursuivit-elle d'une voix tendue.

Tony fixa sur elle un regard parfaitement calme.

— Vous faites erreur, dit-il d'une voix basse. Il s'agit, en fait, de soixante mille dollars...

— Soixante mille !

Elle le regarda, hébétée. Finalement, elle explosa.

— Espèce d'escroc ! s'exclama-t-elle, les joues en feu. Non seulement vous m'avez bassement séduite pour endormir ma méfiance mais en plus, vous voulez maintenant me faire payer le dédit !

Tony hocha lentement la tête, apparemment insensible aux injures de la jeune femme. Toujours très calme, il observa :

— Relisez le contrat. Tout y est parfaitement légal, vous l'avez constaté vous-même. En rachetant mes parts, vous me privez du jour au lendemain d'un cheval sur lequel je comptais faire un bénéfice substantiel. Réfléchissez...

Dina comprit immédiatement qu'il avait raison et qu'elle ne pouvait espérer lutter plus longtemps contre lui.

Vaincue, désespérée, elle baissa la tête et sentit les larmes lui brûler les paupières.

— Vous savez très bien que je ne peux pas réunir cette somme, murmura-t-elle d'une voix blanche.

Tony eut un léger sourire, comme s'il s'agissait d'une conversation très ordinaire.

— Dans ce cas, fit-il, nous sommes toujours associés en affaires. Votre visite tombe à point. J'allais justement téléphoner au Cercle pour que le cheval soit, dès aujourd'hui, emmené dans mon haras.

Tout en parlant, il se dirigea vers l'un des fauteuils clubs de la chambre et fit signe à la jeune femme de s'asseoir en face de lui.

Dina avala péniblement sa salive et, toujours sans le regarder, obéit, à bout de forces. Elle finit par articuler :

— J'ai déjà payé un mois pour la location du box au Cercle... Il n'y a pas de presse. D'autre part, pourquoi prendre une quelconque décision puisque nous ne sommes toujours pas d'accord sur l'entraînement ?

— Le Cercle, vous le savez, n'est qu'un lieu de passage, répondit Tony. Pour un cheval aussi sensible que Vengeur, il convient, vous l'avez dit vous-même, de l'habituer au plus vite à un environnement qui le rassure et accélère la phase de dressage. Quant à l'entraînement...

Il n'acheva pas et sentit sa gorge se nouer d'émotion, malgré son apparente nonchalance, lorsque les immenses yeux verts et brouillés de larmes de Dina se posèrent avec angoisse sur lui.

— Ecoutez, reprit-il en se forçant à plus de fermeté. Il est inutile de se quereller davantage sur de faux problèmes. Parlez-moi donc de ce que vous comptez faire.

Dina comprit, malgré toute sa confusion, que Tony lui laissait une chance de défendre ses positions. Un vague espoir naquit, très loin, tout au fond de sa grande solitude. Elle commença à parler d'une voix lente, presque atone.

— Mon père fut l'entraîneur principal des écuries Calmerson et la plupart de ses favoris devinrent des champions. Pourtant, les autres propriétaires ne voyaient guère d'un bon œil ses méthodes et, même, son sens de la sélection. Parfois, il choisissait un yearling de moindre pedigree simplement parce que, d'un coup d'œil, il avait senti que le poulain possédait la fibre d'un vainqueur. Les paris étaient souvent contre lui mais Calmerson sut toujours épauler mon père et lui accorder sa confiance jusqu'à ce que...

Sa voix se brisa.

— Continuez... dit doucement Tony sans la quitter des yeux.

— Mon père avait compris, dès le début, que Vivid Dream avait l'étoffe d'un super-champion. Soigneusement dressé, inlassablement entraîné, il fut pour lui comme un fils. Quand le jour du derby arriva, mon père crut à la consécration de ses efforts. Envers et contre tous, il pensait lancer l'ultime défi que, seul, Vivid Dream pouvait relever.

Vaincue par le chagrin, Dina s'arrêta.

En la voyant si pâle, si troublée, Tony

éprouva une folle envie de la prendre dans ses bras pour la consoler mais il se retint. Il y avait déjà eu trop de malentendus entre eux pour en risquer un nouveau par ce mouvement de sympathie.

— Dina... commença-t-il, il est temps de me dire la vérité : votre père a-t-il véritablement dopé Vivid Dream ?

Pour toute réponse, la jeune femme sauta sur ses pieds, poings serrés, les yeux lançant des éclairs.

— Comment osez-vous... Jamais je ne vous laisserai...

Incapable de poursuivre, elle enfouit son visage dans ses mains tandis que les larmes, trop longtemps refoulées, jaillissaient de ses yeux.

Dépassé par ce désespoir aussi brusque qu'intense, Tony se leva, lui aussi, et s'approcha d'elle.

Quelques secondes plus tard, sans même s'apercevoir qu'ils scellaient ainsi leur réconciliation, ils se serraient l'un contre l'autre, comme pour mieux se protéger contre toute la dureté du monde.

Tony caressait doucement les cheveux de Dina et murmurait à son oreille des paroles d'apaisement.

Elle sanglotait maintenant contre lui comme une enfant mais il sentait que ces larmes libéraient ses dernières résistances.

Le silence les enveloppa quelques instants puis Tony écarta les mèches blondes qui barraient les joues humides de Dina pour la regarder au fond des yeux.

— Ecoutez... Je crois comprendre que votre père a été victime d'une machination. Mais pourquoi vouloir réveiller ce passé si douloureux ?

Il sentit contre lui le corps de Dina se raidir. Elle fit un pas en arrière et, reprenant son souffle, déclara d'une voix lasse :

— Vous ne comprenez pas... Il faut que mon père soit vengé. Il a trop souffert de cette injustice. Je dois cela à sa mémoire.

Tony attira doucement la jeune femme vers le canapé.

— Calmez-vous et essayons tous les deux d'y voir clair. J'admets que vous vouliez prouver la validité des méthodes de votre père mais de votre côté, acceptez que je pose une condition stricte : vous entraînerez Vengeur selon vos méthodes. Mais si, dès les premières courses, les résultats ne sont pas bons, j'engage un autre entraîneur.

Dina s'appuya sur les coussins et ferma les yeux.

Les paroles de Tony flottaient dans son esprit comme des oiseaux sans vie. Elle mit quelque temps à comprendre exactement ce qu'il voulait dire.

Certes, la proposition paraissait plutôt

ambiguë. Tony Chandlor lui laissait une chance ; mais elle était faible...

Car il pouvait arriver que les premiers résultats d'un pur-sang soient mauvais, sans pour autant que sa carrière de champion s'en trouve infirmée. C'était cela, le risque dont parlait à juste titre le Dr Sansen. La nervosité des pur-sang, leur sensibilité exacerbée, leurs réflexes explosifs pouvaient mener à la victoire comme au désastre. Pourtant Dina espérait encore que Vengeur, comme Vivid Dream, son père, saurait témoigner d'une stabilité de comportement que beaucoup de ses congénères ne possédaient pas.

Pour le reste, c'était à elle de faire ses preuves.

Elle murmura :

— Entendu...

Et, bien malgré elle, les larmes se mirent à nouveau à couler sur son visage.

Tony lui saisit les mains et, d'une caresse de ses lèvres, effleura les cils de la jeune femme.

— Pourquoi pleurez-vous encore ?

La réponse le surprit tant qu'il n'arriva pas, sur le moment, à croire à sa chance.

— Parce que je vous aime... J'ai tout fait pour lutter contre ce sentiment mais je vous aime... Je vous aime...

Elle avait répété ces derniers mots avec

une sorte de hargne, comme si vraiment elle regrettait qu'il en soit ainsi.

Saisissant alors le fin visage de Dina entre ses mains, Tony le couvrit de baisers.

— Vous savez bien que je vous ai aimée le premier, chuchota-t-il dans le creux de son oreille. N'est-ce pas moi qui devrais pleurer ? Vous m'avez bien mal traité.

Elle le regarda avec surprise sans paraître comprendre ce qu'il voulait dire par là.

Mais, déjà, Tony l'entraînait vers le lit et, renversé sur elle, la dévorait de caresses et de baisers.

Haletante, le cœur galopant comme un cheval fou dans sa poitrine, Dina s'abandonnait à son étreinte. Elle était lasse de lutter, lasse de résister à la passion qui la terrassait.

Bientôt ses vêtements glissèrent sans bruit sur le sol et elle sentit l'étau des bras de Tony se resserrer autour d'elle tandis qu'il la rejoignait, nu, vibrant de désir, et mêlait son corps au sien.

L'amour, plus fort que toutes les intrigues, que tous les mensonges et les malentendus, les emportait dans ses tourbillons.

Leurs bouches, leurs mains, leurs sens enfiévrés vibraient d'un désir trop longtemps contenu. Ils se sentaient fondus en un seul corps et la vague du plaisir les emporta au même moment pour les jeter l'un contre l'autre comme deux naufragés.

Epuisés, comblés, ils glissèrent dans l'inconscience tandis que, dehors, une pluie fine se mettait à tomber comme si elle avait voulu effacer de leur ciel tout ce qui n'était pas l'amour...

Une heure plus tard, Tony s'éveilla le premier et contempla tendrement le visage de Dina posé au creux de son bras. Doucement, de ses lèvres, il effleura ses cheveux, ses yeux, sa bouche. Elle gémit doucement et s'agita avant d'ouvrir les yeux.

— Désirez-vous toujours acheter Vengeur, mademoiselle Harwell ? demanda Tony d'un ton malicieux.

Cette fois, Dina se réveilla complètement.

— Mais... bien sûr ! balbutia-t-elle avant de se redresser d'un seul coup sur le lit. Mon Dieu ! Mais quelle heure est-il donc ? S'il est trop tard, nous...

Mais Tony la rassura aussitôt.

— Ne vous inquiétez pas. J'ai prévenu le bureau du Cercle hippique que nous y serions à onze heures pour verser l'argent. Cela nous laisse le temps de prendre notre petit déjeuner...

Peu de temps après, ils roulaient dans la Mercedes de Tony en direction du Cercle. Dina avait, entre-temps, téléphoné longuement à sa banque qui lui confirma l'ouverture de son crédit ainsi que le virement de cinquante mille dollars à une banque de Lexington.

Certes, Dina s'endettait lourdement, mais elle savait que Vengeur gagnerait des courses haut la main... Et, ainsi, l'aiderait à rembourser son prêt.

Ensuite Dina et Tony, un peu émus tous deux, pénétrèrent dans le bureau des ventes et signèrent le contrat d'achat du cheval. Ils durent attendre quelques instants que les papiers du poulain soient rédigés selon le règlement puis, impatients de retrouver leur trésor, s'acheminèrent, la main dans la main, jusqu'aux écuries.

Le cheval broncha doucement à leur approche et parut les reconnaître, à la grande joie de Dina. Un van avait été prévu pour emmener Vengeur jusqu'au haras de Tony, à quelques kilomètres de là. Un lad conduisait le camion tandis que Tony et Dina suivaient dans la Mercedes.

Quand ils arrivèrent à destination, Dina découvrit que la propriété achetée par Tony était tout à fait dans le style des fermes traditionnelles du Kentucky : champs de tabac, prairies grasses bordées de barrières blanches et quelques hectares de bois. Les bâtiments ruraux semblaient en excellent état, sans compter les écuries et le champ d'entraînement.

Quant à la maison d'habitation, très simple, elle ressemblait tout à fait à une cabane du Grand Nord avec ses rondins de bois sombre et son toit en bois qui descendait d'un côté jusqu'au sol.

Un unique étage abritait deux petites chambres fraîchement tapissées ainsi qu'une salle de bains. En bas, toute la surface de la maison était occupée par une grande pièce unique, équipée d'une cheminée centrale, d'un coin-cuisine meublé dans le style rustique et, dans un angle, d'une alcôve tapissée de livres et agrémentée d'un divan recouvert d'une étoffe indienne artisanale.

Deux larges fauteuils de cuir et une table basse, face à la cheminée, complétaient cette décoration à la fois simple et chaleureuse.

Pendant que Tony faisait visiter la maison à Dina, les lads conduisirent Vengeur jusqu'à l'écurie où un large box recouvert de paille fraîche attendait son nouveau locataire.

Dès leur arrivée, Tony avait ouvert le coffre de la voiture pour en sortir deux lourds sacs à provisions.

Surprise, Dina s'était exclamée :

— Mais où avez-vous trouvé le temps d'acheter tout cela ?

— Pendant que vous régliez les derniers détails au téléphone avec votre banque, j'ai commandé à l'hôtel quelques provisions... Nous les avons bien méritées, je crois.

Dina avait souri puis l'avait suivi à l'intérieur de la maison. Elle se sentait heureuse et enfin détendue.

Vengeur était en sécurité et Tony paraissait chercher par tous les moyens à réconforter sa nouvelle associée. Le temps des querelles semblait loin...

La jeune femme se laissa glisser dans un fauteuil et ferma les yeux, rompue de fatigue.

Pendant ce temps, Tony disposait du petit bois et quelques bûches dans l'âtre. Puis il craqua une allumette. Bientôt, une flamme haute et claire s'éleva en pétillant, tandis que Tony posait une main affectueuse sur l'épaule de Dina.

— Vous avez l'air épuisée... Venez donc manger quelque chose.

Docile, la jeune femme le suivit jusqu'à la petite cuisine aménagée dans un angle et séparée de la pièce par un comptoir en bois massif. Une superbe table en chêne, flanquée de deux bancs, semblait ne plus attendre que de joyeux invités. Tony avait disposé rapidement le couvert et apporté une bouteille d'excellent bordeaux.

— Ma réserve... expliqua-t-il.

Il venait de surprendre, avec une once de fierté, le regard ravi de Dina.

Ils prirent place autour de la table et attaquèrent leur repas de fortune. Dina s'aperçut alors qu'elle mourait de faim...

— Comment comptez-vous expliquer à

votre patron une aussi longue absence ? demanda Tony. J'ai cru comprendre que vos services étaient très appréciés dans la société new-yorkaise qui vous emploie...

Dina but une gorgée de vin avant de répondre en souriant :

— Je dois y retourner demain pour quarante-huit heures et régler ce problème. En fait, je crois que je leur demanderai de m'accorder un long congé sans solde...

— Et si l'on vous oppose un refus ?

— Alors je démissionne...

Tony haussa un sourcil.

— Décidément, Dina, vous me surprendrez toujours ! Ce poulain est toute votre vie, n'est-ce pas ?

Elle fixa sur lui un regard grave et hocha lentement la tête.

— Voilà trop longtemps que je me suis donné ce but, Tony. Essayez de me comprendre. Peut-être n'aurai-je jamais une nouvelle occasion de ce genre. Et je n'oublie pas que je vous dois, en partie, cette chance.

Un silence suivit ces paroles puis Tony reprit doucement :

— Aurez-vous assez d'argent pour vivre pendant toute la durée de l'entraînement ?

Elle rougit et, pour masquer sa gêne, répondit à la hâte :

— Naturellement, ne vous inquiétez pas.

Comptez sur moi également pour participer aux frais domestiques que ma présence dans cette maison entraînera. Et je...

Tony secoua la tête.

— Mais non, Dina, ce n'est pas ce que je voulais dire. En ce qui concerne votre installation ici, vous êtes mon invitée. Je ferai rentrer un stock de provisions pendant votre court voyage à New York. Pour le reste, il est évident que nous partagerons les frais d'entretien et de soins du cheval.

— Mais...

Le regard déterminé de Tony empêcha Dina de protester. Sa généreuse hospitalité l'aurait embarrassée la veille encore. A présent, elle avait décidé de lui faire confiance et se sentait reconnaissante de le voir se soucier ainsi de son confort.

Mais bientôt, elle le savait, ce serait à lui de retourner à New York.

Elle préférait ne pas penser à cette échéance. De toute façon, Vengeur allait occuper toutes ses pensées.

Tony leva son verre.

— A votre santé, partenaire. Et à la santé de Vengeur !

Dina plongea son regard dans les yeux gris de Tony et, doucement, entrechoqua son verre contre le sien.

— A notre santé à tous, partenaire !

Ils se sourirent et burent en silence.

Une paix de bon augure semblait enfin régner sur leur accord...

Chapitre 8

AVRIL. LEXINGTON, KENTUCKY.

Dina inclina lentement son corps vers la gauche et Vengeur obéit aussitôt à l'ordre tacite qu'elle lui transmettait ainsi.

Il amorça un quart de foulée à gauche tandis que sa cavalière s'apprêtait à utiliser les rênes afin d'apprendre au cheval à reconnaître chacun de ses plus infimes gestes de commande.

Depuis six semaines qu'elle avait entrepris le dressage du cheval, elle découvrait chaque jour davantage la perfection de ses réflexes et l'extrême disponibilité de sa nature qui enregistrait avec finesse et intelligence chaque nouvelle leçon.

La jeune femme poursuivit encore quelque temps son travail de figures et de demi-boucles. Mais elle ne désirait pas le fatiguer outre mesure et, chaque matin, arrêtait l'entraînement au bout d'une heure. Les premières quarante minutes étaient consacrées à

145

une longue randonnée dans les collines avoisinantes afin de décontracter le cheval sans toutefois le laisser s'épuiser à galoper trop librement. C'était seulement quand elle le sentait bien chauffé que Dina conduisait alors Vengeur à la véritable phase de dressage.

Jamais encore elle n'avait voulu laisser le deux-ans révéler à la course toute la puissance que l'on devinait dans l'armature superbe de ses muscles. Elle se répétait sans cesse ce que son père lui avait appris :

— Ne force jamais un jeune cheval, Dina. Ses pattes sont comme du cristal... résistantes et magnifiques mais capables, aussi, de se casser net. Sans parler du risque de fausser à vie le jeu des muscles...

Il valait mieux commencer lentement l'apprentissage. La force qui s'accumulait progressivement dans le jeune corps de Vengeur saurait bien, au jour convenu, le conduire vers les cimes de la victoire.

Alors qu'elle posait pied à terre, Sammy Regan la rejoignit et prit les rênes qu'elle lui tendait. Il savait, sans que Dina eût à lui expliquer, ce qu'il devait faire avec le jeune pur-sang : le promener lentement à la longe pendant une petite demi-heure pour détendre ses muscles encore noués par l'effort. Alors, seulement, il serait en état de regagner son box.

Dès que Dina s'était installée à la ferme de Tony Chandlor, Sammy avait aussitôt proposé de venir quotidiennement pour la seconder dans son travail de dressage et s'occuper des soins réguliers à accorder au cheval.

La jeune femme avait d'ailleurs prévu de lui verser un salaire qui, certes, n'était pas très élevé, compte tenu de ses maigres ressources. Mais Sammy ne paraissait nullement s'intéresser à cet aspect de la question. Il désirait aider la fille de son ancien patron et y employait tout son zèle et sa bonne volonté...

Dina lui était reconnaissante de cette présence fidèle. A présent qu'elle se retrouvait avec lui dans une ferme du Kentucky, occupée à entraîner un jeune et talentueux cheval, il lui semblait se retrouver au temps jadis quand, toute jeune fille encore, elle accompagnait son père et Sammy pour les voir travailler inlassablement leurs montures...

Sammy Regan rejeta sa casquette à carreaux en arrière, comme il le faisait une bonne cinquantaine de fois par jour et marmonna :

— Alice Flynn passera à une heure pour poser de nouveaux fers au cheval. Elle vient juste d'appeler. Et... Ah oui ! Le Dr Sansen a téléphoné aussi : il passera pour sa visite hebdomadaire, ce soir.

Dina approuva du chef. Apparemment, Vengeur était soigné et surveillé par des professionnels compétents. Aussi curieux que cela pût paraître, Alice Flynn, une solide femme de près de cinquante ans, était, sans doute, le... meilleur maréchal-ferrant de la région !

Quant au Dr Sansen, il n'avait pas son égal pour comprendre et guérir les mille et une petites misères d'un cheval.

Vengeur broncha doucement et la lumière pâle du soleil levant alluma des reflets nacrés sur sa robe d'un roux profond. Sammy tira doucement sur les rênes et s'éloigna dans la carrière tandis que Dina regagnait la maison.

La cafetière à programmation électrique qu'elle s'était achetée avait déclenché pendant son absence la mise en marche du café.

Depuis que la jeune femme se levait chaque matin à cinq heures pour entraîner Vengeur, elle appréciait de trouver à son retour le liquide chaud et ambré qui l'attendait, comme si une hospitalière maîtresse de maison avait préparé le premier repas du matin. Depuis le départ de Tony, il arrivait que Dina se sentît seule mais elle forçait alors ses pensées à se fixer sur le derby et la revanche qu'elle en attendait.

Alors, tout s'éclairait à nouveau...

Dina se servit un grand bol de café, y ajouta quelques gouttes de lait puis ramassa le journal abandonné chaque matin par Sammy sur la table de la cuisine.

Installée dans le fauteuil à bascule sur le perron de bois, elle tenta de s'absorber dans la lecture du quotidien. L'air était doux et le printemps, lentement, revenait sur les collines du Kentucky. Dina comprenait à présent combien, à New York, elle s'était sentie privée de la joie de ces aubes rosies par le soleil naissant et résonnant de mille chants d'oiseaux...

Incapable de se concentrer davantage sur sa lecture, elle laissa ses pensées vagabonder et revenir sur le proche passé.

Tant de choses heureuses étaient arrivées depuis six semaines qu'il lui fallait essayer de remettre un peu d'ordre dans ses souvenirs...

Tout d'abord, Dina s'était envolée, comme prévu, pour New York, afin d'avoir un entretien avec son patron. Elle lui demanda la prolongation de son congé sans solde pendant une durée d'au moins six mois et lui signala qu'en cas de refus, elle n'hésiterait pas à quitter son emploi, les raisons qui motivaient son départ étant trop importantes...

M. Schumann, le directeur de l'agence

financière, fut tout d'abord désorienté. Six mois, cela lui paraissait bien long, surtout en pleine période de révision du cours des changes et de montée des actions.

Il réserva sa réponse puis, finalement, rappela Dina à son appartement tandis qu'elle préparait déjà ses bagages.

— Ecoutez, mademoiselle Harwell, vous me mettez plutôt le couteau sur la gorge. Je n'aime guère cela, mais vous êtes un trop bon élément de notre agence pour que j'accepte votre démission... Alors, partez... Mais revenez !

Dina le remercia puis, à peine le téléphone raccroché, appela un autre numéro. Il s'agissait d'un vieil ami à elle qui travaillait depuis de longues années dans l'immobilier. Dina lui demanda s'il était possible de sous-louer pour quelque temps son appartement meublé à des gens sérieux.

— Bien sûr ! répondit son ami. Compte sur moi, Dina, et pars tranquille...

Dina soupira, réconfortée. Brusquement, tous les événements semblaient s'arranger d'eux-mêmes pour favoriser ses projets. Il était temps !

Elle finit de boucler ses valises et attrapa le premier avion en partance pour Lexington. Quand elle arriva, Tony l'attendait à l'aéroport. Ils dînèrent en ville avant de regagner la ferme.

La nuit tendre et passionnée qu'ils y passèrent vibrait encore avec toute sa force et sa chaleur dans la mémoire troublée de la jeune femme. Se pouvait-il donc que l'on pût aimer à ce point un homme et le désirer jusqu'à l'ivresse ?

Il arrivait quelquefois que Dina connût des accès de doute et de mélancolie. Un tel bonheur, un tel absolu lui paraissaient soudain irréels et instables... Mais, avec l'intuition qui le caractérisait, Tony s'apercevait toujours de l'inquiétude de Dina et savait la réconforter à l'aide de ses baisers et de sa tendresse.

Quand il partit à son tour pour New York, elle ressentit cruellement le vide qu'il laissait derrière lui mais Tony s'arrangeait encore pour revenir les fins de semaine dès que cela lui était possible.

Malheureusement, il devait aussi voyager souvent à travers tous les Etats-Unis lorsque d'importants contrats réclamaient sa présence.

En ce moment même, songea Dina, il était en Californie et...

Au même instant, le téléphone se mit à sonner et la jeune femme sut immédiatement que c'était Tony.

— J'espère que les négociations qui me retiennent ici, à San Francisco, s'achèveront bientôt. Je pourrai ainsi te rejoindre dès demain soir pour le week-end. Comment vas-tu ?

Dina esquissa un sourire. Il se souciait tant d'elle !

— Très bien... Mais tu me manques. Voilà pourquoi, chaque fois que je pense à toi, je sors et vais rendre une petite visite à Vengeur. Inutile de te préciser que tu es alors relégué au fond de l'oubli ! ajouta-t-elle, mutine.

Tony prit un ton faussement jaloux.

— C'est du joli ! Et moi qui, innocent, vous ai prêté ma propre maison pour cacher votre idylle ! Attention, Dina... Ma patience a des limites !

Elle répliqua du tac au tac, en se retenant de rire :

— Qu'à cela ne tienne... Vengeur et moi partirons vivre ailleurs notre grandissime amour et rien ne nous séparera jamais ; ni dieux ni hommes !

Tony fit entendre un long sifflement admiratif à l'autre bout de la ligne.

— Je ne te connaissais pas de tels talents d'improvisation ni de pareilles dispositions pour le drame antique ! En attendant, veille bien sur toi. Je m'inquiète un peu de te savoir si seule là-bas.

Dina eut un petit rire joyeux.

— Mais non... Et d'ailleurs Sammy vient

tous les jours. Son dévouement m'aide énormément...

Ils échangèrent encore quelques propos puis se fixèrent rendez-vous au lendemain soir. Lorsqu'il eut raccroché, Dina garda encore quelques secondes le récepteur dans la main, le cœur battant, mélancolique à mourir de ne plus entendre la voix de son amant.

Mais il reviendrait... Bientôt ? Et, un jour, elle l'espérait de tout son cœur, ils ne se quitteraient plus jamais.

De son côté, Tony n'abandonnait pas non plus Dina en pensée. A vrai dire, la raison de son séjour à San Francisco n'était pas seulement professionnelle. Certes, il avait des rendez-vous importants car il devait conclure un accord commercial avec l'un des plus grands centres sportifs de la Californie.

Mais, plus encore, Tony désirait consulter un homme qui avait approché Timothy Harwell à l'époque du scandale qui lui avait coûté sa carrière.

Quelque temps plus tôt, en effet, Tony avait demandé à Judith, sa fidèle assistante, d'enquêter sur ce qu'on appelait encore aujourd'hui « l'affaire du derby ».

Rapide, efficace, Judith avait réuni toutes sortes de documents : coupures de journaux, interviews, rapports d'expertise. C'était elle qui avait déniché l'existence, à San Francisco, de William Dunhill, l'ancien secrétaire général des courses qui avait supervisé l'enquête à l'époque.

Retiré à présent sur la côte Ouest, il ne travaillait plus qu'à titre de conseiller privé dans les milieux hippiques.

Après un déjeuner d'affaires qui lui parut interminable, Tony se rendit au bureau de William Dunhill.

Les cheveux drus et gris, le regard ferme, c'était un homme à l'expression dure dont on savait qu'il ne fallait attendre aucune espèce de complaisance.

— Timothy Harwell était votre ami, n'est-ce pas ? demanda Tony.

Dunhill hocha la tête.

— En effet... Nous avons grandi ensemble sur les bancs de la même école.

— Alors, comment expliquez-vous ce qui s'est passé ?

L'autre eut un soupir et son expression, revêche, s'accentua. Finalement, il planta son regard dans celui de Tony et déclara lentement :

— Ecoutez, monsieur Chandlor, je connais la respectabilité de votre famille et je suis heureux de faire votre connaissance. Mais remuer ces souvenirs ne m'est pas très agréable. Voilà pourquoi j'aimerais d'abord savoir ce qui vous pousse à fouiller ainsi le passé.

Tony prit une longue inspiration.

— De solides raisons... répondit-il. Il se trouve que j'ai conclu une association avec la fille de Tim, Dina Harwell. Et nous partageons la propriété d'un deux-ans issu de Vivid Dream. Dina, actuellement, l'entraîne en projetant de le faire courir au derby.

— Dina ?...

Le vieux secrétaire des courses parut un instant ému.

— Je l'ai bien connue. Elle était dévouée à son père au-delà de toutes limites. Je crois que ce scandale l'a beaucoup affectée.

Tony rapprocha son fauteuil pour déclarer, en détachant soigneusement les mots :

— Affectée ? C'est pire que cela, monsieur Dunhill. N'oubliez pas que cette affaire a conduit tout simplement son père à la mort.

Un lourd silence tomba sur les deux hommes tandis que Dunhill paraissait manifestement absorbé dans ses souvenirs.

— Vivid Dream était comme l'éclair sur la piste...

Il frappa du poing sur la table.

— Un éclair, monsieur Chandlor... Je vous l'affirme !

— Eh bien ?

— Justement... Pourquoi Tim aurait-il voulu truquer une course qui paraissait gagnée d'avance ? Bien sûr, ses méthodes étaient souvent sévèrement critiquées.

— Pourrait-on imaginer, suggéra Tony, que les propriétaires des autres chevaux aient pu...

William Dunhill leva une main pour l'arrêter.

— Monsieur Chandlor, n'oubliez pas que les autres chevaux ont été disqualifiés également.

— Précisément ! s'exclama Tony. Ils auraient pu consentir à la perte d'une course rien que pour mieux accuser celui qui leur portait ombrage.

— C'est ridicule, protesta Dunhill. N'importe qui pouvait approcher les chevaux et les piquer à l'aide d'une seringue. Un lad, un assistant et, même, un palefrenier. Les responsables de ce genre d'escroquerie ne se chargent pas directement d'une telle besogne et préfèrent utiliser des hommes de paille pour protéger leur anonymat.

A ces mots, un soupçon se glissa insidieusement dans l'esprit de Tony mais il ne parvenait pas encore à comprendre exactement de quoi il s'agissait...

— Vous avez bien une idée sur la question ? commença-t-il.

Il vit son interlocuteur manifester aussitôt des signes de nervosité.

— Une enquête policière a eu lieu, répondit-il, et toute accusation sans fondement me paraît déplacée.

Tony comprit que l'entretien était terminé. Visiblement, Dunhill cherchait à protéger ses arrières. S'il avait des soupçons, il ne se risquerait sûrement pas à lui en faire part.

Il se leva et, au moment où il allait franchir la porte, la voix du secrétaire des courses retentit dans son dos.

— Au fait... Comment s'appelle le fils de Vivid Dream ?

Tony se retourna à demi et laissa tomber :

— Vengeur...

Il eut le plaisir d'apercevoir du coin de l'œil la plus totale stupéfaction figer les traits de William Dunhill.

Peut-être Tony n'avait-il pas appris grand-chose mais il éprouvait une profonde satisfaction à bouleverser le confort moral un peu suspect des anciens acteurs de ce drame...

Le lendemain, un samedi, Dina, comme d'habitude, se leva à l'aube pour entraîner Vengeur.

Cette fois, elle le conduisit à l'une des extrémités du paddock où Sammy avait construit, sur ses recommandations, une stalle de départ.

Il s'agissait d'une sorte de sas formé de barrières en bois que l'on pouvait rétrécir ou agrandir à volonté. Le père de Dina avait dessiné un modèle idéal que Sammy suivit scrupuleusement.

Cela permettait d'habituer le jeune cheval aux véritables stalles de départ dans lesquelles, juste avant le coup d'envoi de la course, il était confiné.

Sans préparation, un pur-sang éprouvait dans cette situation une réaction de claustrophobie inévitable. Voilà pourquoi Dina s'employait, à présent, à apprivoiser la peur de Vengeur pour que, petit à petit, il accepte l'entrave sans s'émouvoir.

Elle travailla avec lui pendant une heure, prit son petit déjeuner, puis ressortit pour délasser un peu Vengeur sur les collines.

Elle le remit ensuite aux bons soins de Sammy et se dirigeait vers la maison lorsqu'un bruit de moteur sur le chemin lui fit tourner la tête.

C'était un coupé Mercedes d'un rouge flamboyant dont le prix devait dépasser toute imagination. La voiture s'arrêta dans un hurlement de freins et une longue et fine jeune femme blonde en sortit avec une grâce féline.

Au premier regard, Dina éprouva immédiatement à l'encontre de la visiteuse une vague d'aversion, sans savoir pourquoi. Mais, Dieu qu'elle était belle !

Ses cheveux, merveilleusement coiffés,

ondulaient sur ses épaules parfaites ; sa ligne souple et élancée était superbement mise en valeur par une robe de mousseline bleu roi, simplement retenue à la taille par une large ceinture blanche.

Son élégance, son allure, son port altier laissaient entendre qu'il s'agissait d'une femme habituée à séduire et à commander.

Elle se dirigea d'un pas décidé vers Dina et la toisa d'un regard arrogant.

— Qui êtes-vous ?

La voix, acerbe, s'accordait mal avec la beauté sophistiquée de la jeune femme. Vue de près, d'ailleurs, Dina constata que ses attraits procédaient autant de l'artifice que de la nature. Elle ressemblait à une couverture de magazine et le modelé parfait, mais froid, de ses traits avait quelque chose de figé et d'antipathique.

Dina lui répondit doucement :

— Il me semble que c'est à vous, qui venez d'arriver, de décliner votre identité la première...

Mais la nouvelle venue ignora la remarque. Elle jeta un coup d'œil méprisant autour d'elle puis ses yeux se posèrent à nouveau sur Dina.

— Que faites-vous ici ? reprit-elle sur le même ton. Je croyais que c'était la propriété de Tony Chandlor.

Dina ne comprenait toujours pas ce que

cette visite signifiait et tenta de maîtriser la nervosité qui la gagnait.

— En effet, répondit-elle. Mais, pour le moment, c'est moi qui y habite.

L'inconnue pinça les lèvres.

— Je suis Allison Saunders, déclara-t-elle avec emphase. Et je répète ma question : que faites-vous ici ?

Aussitôt, Dina fit le rapprochement. Allison Saunders était l'héritière d'une autre et non moins célèbre dynastie du Kentucky, le clan Saunders, dont on disait qu'il gouvernait une bonne partie de la vie économique de cet Etat...

Sa vie tapageuse et sa carrière de mannequin vedette à New York avaient rempli pendant quelque temps les colonnes des journaux à sensation.

Dina se força à répondre le plus calmement qu'elle put.

— Enchantée, mademoiselle Saunders. Je m'appelle Dina Harwell.

Allison eut un geste d'agacement.

— Votre identité m'importe peu. Je veux savoir ce que vous faites ici.

Le ton de la conversation commençait à irriter sérieusement Dina.

— Je suis ici, expliqua-t-elle froidement, parce que je suis l'associée de Tony Chandlor.

Allison Saunders eut un petit rire de gorge parfaitement déplaisant.

— Oh... Je vois ! On m'a parlé de vous. Dans ce cas, laissez-moi vous donner un conseil : si vous êtes l'associée de Tony Chandlor en affaires, cantonnez-vous strictement dans ce rôle. Sans quoi...

Les inflexions menaçantes de sa voix exaspérèrent Dina.

— Ce que je suis et ce que je fais, mademoiselle Saunders, ne regarde que moi...

Le soleil de cette belle matinée de printemps donnait aux cheveux de la blonde jeune femme un halo d'or. Elle paraissait à la fois superbe et détestable.

Avec un nouveau petit rire ironique, elle leva sa main gauche et un diamant énorme capta un rayon de lumière.

D'une voix doucereuse, elle déclara :

— Voyez-vous, mademoiselle... euh... Harwell, je suis la fiancée de Tony Chandlor et cette magnifique bague que vous voyez briller à mon doigt en est la preuve. Vous comprendrez donc que je m'intéresse de près aux relations féminines de mon fiancé...

Dina pâlit brusquement et regarda la visiteuse sans comprendre.

— Oh... De toute façon, poursuivait Allison, je ne m'inquiète pas. Evidemment, je connais le goût de Tony pour les petites jeunes filles naïves dans votre genre. Mais, en général, ce ne sont que des toquades très passagères. Je voulais simplement vous avertir de ne pas vous faire trop d'illusions.

Et, sur ces mots, elle tourna les talons. Une minute plus tard, elle démarrait en trombe.

Figée, sans forces, Dina suivit d'un regard vide la Mercedes rouge qui s'éloignait. Elle aurait voulu rire de cette scène ridicule mais quelque chose en elle, une sourde intuition, l'avertissait que ce n'était pas un incident à prendre de haut.

Pendant quelque temps, elle lutta contre le chaos de ses émotions, puis courut à la maison, claqua la porte et se jeta sur le divan du living-room.

Bientôt, la vérité se fit jour dans son esprit troublé.

Le diamant n'était pas une farce. Un homme aussi riche, aussi puissant, que Tony Chandlor, ne pouvait, malgré ses dénégations, renier aussi facilement ses origines.

Bien sûr, Dina l'avait souvent entendu parler avec irritation de sa famille et de son mode de vie conservateur, intolérant. Mais elle comprenait à présent que Tony, comme Allison, appartenait à une dynastie où n'entraient pas les filles d'entraîneur...

Depuis qu'elle était petite, ses parents lui avaient appris que la société — et surtout celle des milieux très aisés des courses de chevaux — était partagée en deux par une ligne invisible : d'un côté, le petit peuple laborieux des haras ; de l'autre, les propriétaires, manipulant au hasard de leurs caprices leur incalculable fortune.

Comment avait-elle pu croire, elle, Dina Harwell, la fille d'un homme abandonné par tous malgré son courage, son zèle et sa compétence, que le fils d'un puissant banquier pourrait sincèrement s'intéresser à elle ?

Il fallait affronter la réalité : Allison avait raison lorsqu'elle disait que Tony jouait avec elle.

Certes, il semblait manifestement séduit mais cela ne l'engageait en rien. Le diamant d'Allison en était bien la preuve. Un jour ou l'autre, Tony l'abandonnerait quand il se serait lassé d'elle et épouserait une femme de son milieu.

Des larmes brûlantes inondèrent le visage de Dina.

Quelle sotte elle avait été ! Tandis que lui, Tony, n'avait même pas perdu le fil de ses intérêts personnels ! Car, en s'associant à elle, il investissait de l'argent dans une entreprise promise à de gros bénéfices, si, comme elle l'espérait, Vengeur s'avérait être un champion.

Le chagrin, l'amertume étouffaient la jeune femme qui se mordit sauvagement le poing pour ne pas crier de douleur. Ainsi donc, tout recommençait toujours : la déception, la solitude, la lutte de tous les instants !

Au même moment, on frappa légèrement à la porte et, comme Dina ne répondait pas, la silhouette familière de Sammy apparut.

Un instant, il la chercha du regard puis, l'apercevant étendue dans l'alcôve, s'approcha doucement d'elle. A voix basse, il l'appela mais, au lieu de répondre, les larmes de Dina redoublèrent.

— J'ai tout entendu, murmura Sammy. Pourquoi pleurer, mam'zelle Harwell ? Cette femme-là, c'est pas de la bonne graine. C'est méchant comme la gale et ça ne vaut pas la peine qu'on se tracasse à cause d'elle...

Il saisit affectueusement la main de Dina et la pressa gentiment. Dina comprit alors à quel point Sammy Regan comptait pour elle. Ami fidèle de sa famille, il lui prouvait qu'elle pouvait encore compter sur lui.

Elle se redressa, le visage brouillé et dit, d'une voix entrecoupée par les larmes :

— Elle a raison, Sammy. Ils sont du même monde...

Sammy hocha la tête lentement. Il savait autant que Dina ce que cela voulait dire.

— Peut-être, dit-il enfin, mais seul Vengeur compte !

Dina secoua la tête.

— Il faut que je parte d'ici... Ce n'est pas ma place.

164

— Mais... Et l'entraînement ?

— Je le poursuivrai, ou plutôt nous le poursuivrons ensemble, Sammy. Mais il est hors de question que je continue à habiter dans cette maison. Je vais trouver une chambre dans un motel des environs et je viendrai ici, tous les matins.

Sammy hocha à nouveau la tête d'un air peiné. Tout cela ne lui disait rien qui vaille et il souffrait de voir sa jeune amie dans un tel état.

Pour la réconforter, il répéta :

— Souvenez-vous de votre promesse, mam'zelle Harwell. Pensez à votre père avant tout. Tony Chandlor n'est pas irremplaçable. Mais votre père... votre père, Dina...

Dans son émotion, il l'avait appelée par son prénom et la jeune femme, dans un mouvement d'affection, l'embrassa.

— Ne vous inquiétez pas, Sammy. Je vous remercie de prendre part aussi sincèrement à ma peine. Avec votre aide, j'atteindrai mon but, coûte que coûte !

Quand il fut parti, Dina rassembla en hâte ses quelques affaires et boucla sa valise.

Pendant combien de temps encore, pensa-t-elle avec désespoir, errerait-elle de-ci de-là, à la recherche du bonheur ?

Pour la première fois, depuis qu'elle s'était installée dans la ferme de Tony, elle avait éprouvé une sensation d'apaisement, l'impression d'être enfin arrivée au terme de sa solitude.

A présent, le long voyage reprenait.

Mais Sammy avait raison.

Seule la mémoire de son père comptait.

Seul Vengeur comptait !

Chapitre 9

Dans le courant de l'après-midi, Tony atterrit à Blue Grass, l'aéroport de Lexington, et gagna la file des taxis.

Il se réjouissait de revoir Dina et ses pensées, sans cesse, devançaient l'avenir en évoquant déjà les effusions de leurs retrouvailles.

Pourtant, une petite fausse note avait assombri sa matinée. Comme d'habitude, il avait téléphoné à Dina à l'heure où il la savait en train de prendre son café. Mais, curieusement, le téléphone avait longuement sonné sans qu'il y eût de réponse.

Plusieurs fois avant de prendre son avion, Tony avait à nouveau essayé de joindre Dina mais... sans succès.

Il espérait en tout cas que cette absence ne cachait rien de grave.

Le taxi se fraya un passage hors des parkings de l'aéroport et fila sur l'autoroute en direction de la ferme.

Une demi-heure plus tard, la voiture freinait devant l'entrée du chemin et Tony, après avoir réglé le chauffeur, se dirigea vers la maison en rondins, sa valise à la main.

D'un coup d'œil, il aperçut Sammy Regan vers les écuries et se dirigea vers lui.

— Dina est là ? lança-t-il gaiement en agitant la main.

Mais l'expression fermée de Sammy l'inquiéta. Quand il fut près de lui, il répéta sa question d'un ton plus pressant.

Alors Sammy, fuyant son regard, eut une moue méprisante.

— La fille de Tim est partie... laissa-t-il tomber d'une voix âpre. Et elle a bien fait !

Tony le fixa, stupéfait. Il percevait l'animosité qui crispait le visage du vieil ami de Dina et n'en comprenait pas la raison...

— Partie ? Mais où ?

Sammy haussa dédaigneusement les épaules.

— Ça... fit-il, je ne vous le dirai pas. D'ailleurs un menteur comme vous n'a pas besoin de fréquenter une chic fille comme mam'zelle Harwell. Vous ne la méritez pas, voilà ce que j'en dis !

Et sur ces mots, il s'éloigna en direction du paddock.

— Sammy ! appela Tony en le rejoignant aussitôt.

Il saisit doucement le vieil homme par le bras et le força à se retourner afin d'affronter son regard.

— Mais enfin, que se passe-t-il ici ? J'ai tout de même le droit de savoir !

Sammy cracha par terre son vieux mégot et eut une expression de dégoût.

— Vous jouez les innocents alors qu'elle est venue, ce matin, pour mettre les choses aux points.

Tony arrondit les yeux.

— Elle ? Mais qui ?

— Votre beauté de fiancée... celle qui se fait photographier pour les journaux.

Une angoisse sourde étreignit brusquement le cœur de Tony. Se pouvait-il que...

— Allison ? prononça-t-il d'une voix blanche.

— Oui. C'est pas un être humain, cette femme, c'est un monstre...

Et, à contrecœur, Sammy raconta à Tony la visite dont il avait été le témoin.

Abasourdi, Tony n'en croyait pas ses oreilles. Il avait rompu avec Allison depuis de longs mois et voilà qu'elle venait l'importuner à nouveau !

Bien sûr, il savait que la belle cover-girl ne s'était pas remise de cette défaite. Défaite, d'ailleurs, était bien le mot car Allison ne raisonnait pas en termes d'amour mais de possession. Pour embrouiller le tout, elle avait fait en sorte d'obtenir la faveur des parents de Tony et, au moindre prétexte, venait leur rendre visite...

Moins que jamais, à présent qu'il avait rencontré Dina, Tony ne se sentait le cœur à reprendre sa liaison avec Allison. Malheureusement, celle-ci en avait décidé autrement !

— Sammy... expliqua-t-il aussi calmement qu'il put, ne vous tourmentez pas. Allison Saunders a peut-être été ma fiancée autrefois mais nous avons rompu. Dites-moi où se cache Dina et je vais lui expliquer la situation...

Quelque chose dans le ton pressant de sa voix finit par fléchir l'obstination de Sammy. Après un long silence, celui-ci lui indiqua finalement le nom du motel où Dina s'était réfugiée.

Deux minutes plus tard, Tony fonçait vers la maison pour consulter, fébrilement, un annuaire téléphonique...

Allongée sur le lit de la chambre anonyme qu'elle avait trouvée, non sans mal, dans un motel de second ordre, Dina, les yeux grands ouverts, se laissait dériver au gré de sa mélancolie.

Depuis de longues heures, elle cherchait à

remettre de l'ordre dans ses pensées, mais en vain. Le visage de Tony l'obsédait.

Fallait-il vraiment qu'elle soit niaise pour avoir cru possible de vivre un roman d'amour aussi doré ?

Après tout, quelle banalité dans le scénario !

Tony Chandlor, le prince charmant, riche héritier d'une famille puissante, avait daigné poser sur elle, orpheline démunie de tout, un regard compatissant...

Mais quel âge avait-elle donc ? se demanda-t-elle avec hargne. Ce genre de contes de fées n'arrive jamais... C'était de sa faute si, maintenant, elle souffrait autant.

Il ne lui suffisait pas de tourner en dérision cette aventure pour se réconforter !

Ah ! Il l'avait bien dupée alors que, sans doute, au même moment, il poursuivait sa liaison avec Allison Saunders.

Quant à son soi-disant conflit avec sa famille, il ne s'agissait sans doute que d'une crise d'adolescence quelque peu prolongée...

Tony Chandlor voulait prouver à son père ce qu'il valait ? Belle affaire... En réalité, les motivations du jeune homme n'avaient rien de très révolutionnaire. Tout ce qu'il désirait, finalement, c'était le droit aux honneurs et à la puissance !

Et elle, petite cendrillon au cœur tendre,

s'était laissé éblouir par de fausses promesses...

Comment avait-il osé ?

Une rage froide chassa peu à peu le chagrin. Il était temps de se ressaisir, pensat-elle. Tony Chandlor avait beau jouer les jolis cœurs, elle ne perdrait plus son temps avec lui et consacrerait toutes ses forces à préparer la victoire de Vengeur.

A ce moment, le téléphone sonna sur la table de nuit.

Stupéfaite, la jeune femme fixa l'appareil sans comprendre... Mais la sonnerie insistait, insistait toujours.

D'une main tremblante, Dina finit par décrocher. Immédiatement, la voix inquiète de Tony résonna dans le combiné.

— Chérie...

Dina ferma les yeux et eut envie de crier.

— Laissez-moi seule ! finit-elle par articuler sourdement.

— Mais...

— Assez ! J'en ai assez de vos mensonges !

Et elle raccrocha brutalement.

La tête dans les mains, elle cherchait à retrouver son souffle lorsque le téléphone résonna à nouveau.

Furieuse, elle décrocha et lança sauvagement :

— Je vous ai dit de me laisser tranquille !

— Seulement quand vous m'aurez permis de m'expliquer...

Dina respira profondément. Elle avait envie de raccrocher à nouveau, mais c'eût été révéler maladroitement à Tony à quel point elle souffrait. Mieux valait lui opposer une froide détermination et lui faire comprendre qu'il n'y avait aucune chance de réconciliation.

— Tony... vous vous épuisez en vain. Quoi que vous puissiez dire à présent, rien ne peut me faire changer d'avis. Considérez-moi exclusivement comme votre associée et tenez-vous en là. Je continuerai à entraîner Vengeur et, aussi, à partager avec vous les responsabilités financières et matérielles de notre accord. Veillez à vous en tenir strictement à cela.

Il y eut un court silence au bout de la ligne puis Tony, d'une voix altérée, protesta doucement :

— Vous n'êtes qu'une petite fille déraisonnable, Dina.

Le souffle coupé par son audace, elle bégaya :

— Déraisonnable ? Comment osez-vous... ? Votre petite amie, Allison, est sans doute plus sensée que moi ? Voilà ce que vous voulez dire ?

— Vous êtes stupide... Allison Saunders n'est même pas...

Mais elle l'interrompit brutalement :

— Je me moque totalement de votre jolie fiancée et de ce que vous pensez ou ne pensez pas d'elle ! Laissez-moi tranquille, c'est tout ce que je vous demande.

Nouveau silence...

Puis, sur un ton faussement neutre, Tony demanda :

— Comptez-vous revenir à la ferme ?

— Non.

— Dina ! Vous savez très bien que vous n'avez pas les moyens de rester aussi longtemps à l'hôtel, ni même de louer un appartement.

— Occupez-vous de ce qui vous regarde. Il se trouve que j'aime, moi aussi, ma liberté.

La gorge serrée, elle savait pourtant, tout en le défiant, qu'il avait parfaitement raison.

— Dans ce cas, reprit Tony plus froidement cette fois, je vous propose ceci : revenez vous installer à la ferme et c'est moi qui m'en irai.

— Mais...

Il poursuivit, sans lui prêter attention.

— Mon travail me retient souvent à New York, vous le savez, et les rares fois où je viendrai pour voir Vengeur, c'est moi qui descendrai à l'hôtel.

— Mais c'est votre maison ! protesta Dina.

— Justement. J'ai parfaitement le droit

d'en faire ce que je veux. Bonsoir, mademoiselle Harwell.

Avant même qu'elle pût comprendre ce qui se passait, il avait raccroché...

Dina contempla stupidement le combiné pendant quelques secondes puis raccrocha à son tour, d'un geste las.

— Adieu, Tony, murmura-t-elle.

Et, à nouveau, comme un oiseau de proie, le chagrin fondit sur elle...

Les dernières semaines d'avril s'étaient écoulées pour Dina en un mélange mitigé de travail et d'ennui. Suivant le conseil de Tony, elle avait regagné la ferme et, à son grand soulagement, ne l'y avait rencontré.

Heureux de la revoir plus proche de Vengeur, Sammy Regan l'avait accueillie chaleureusement.

Aussitôt, ils reprirent l'entraînement du cheval qui, de jour en jour, révélait ses talents de champion.

Un après-midi que Dina revenait d'une promenade dans les collines avec le jeune cheval, elle vit la voiture d'Amanda Chandlor garée devant la maison.

La jeune femme l'attendait dans le living-room, assise devant le feu qu'elle avait allumé dans la cheminée. Un peu embarrassée par cette visite imprévue, Dina s'arrêta

sur le seuil et les deux femmes se dévisagè-
rent un moment sans parler.

Plusieurs fois, Amanda avait essayé
d'avoir une communication téléphonique un
peu approfondie avec Dina mais elle s'était
vue quelque peu rabrouée.

En vérité, Dina avait éprouvé des remords
à la traiter ainsi ; elle ne pouvait s'empêcher
de ressentir encore une vive sympathie à
l'égard de la sœur de Tony.

Cependant, elle ne parvenait pas à lui
pardonner de s'être faite la complice de son
frère dans le mensonge alors qu'elle n'ignorait rien du lien naissant qui unissait Dina à
Tony.

Pourquoi ne lui avait-elle pas dit qu'il était
fiancé à Allison Saunders ?

Finalement, Dina avança d'un pas décidé
dans la pièce.

— Bonjour, Amanda ! lança-t-elle d'une
voix faussement décontractée.

— Je voulais vous voir... déclara Amanda
avec la franchise un peu brusque qui la
caractérisait.

Dina respira un peu plus vite et, pour
cacher son trouble, proposa une tasse de café
que l'avocate refusa.

Puis elle s'assit elle aussi face à la cheminée, les yeux rivés sur les flammes pour
éviter de rencontrer le regard de sa visiteuse.

— Dina, commença Amanda d'une voix

calme. Ne croyez-vous pas qu'il serait temps que nous fassions la paix ?

Dina se raidit.

— Je vous remercie, mais...

— Dina !

Le ton sans appel d'Amanda obligea la jeune femme à se tourner vers elle. La sœur de Tony paraissait animée d'une résolution farouche.

— Pourquoi m'en vouloir à moi ? Et, d'ailleurs, pourquoi en vouloir à Tony ? Ce qui est arrivé n'est pas de sa faute et...

Mais Dina, rouge de colère, l'interrompit avec force.

— Je vous ai déjà dit qu'il était inutile de reparler de tout cela. Ma décision est prise. Lorsqu'on a l'habitude, comme vous et Tony, et aussi... Allison Saunders, de mener une existence dorée, sans soucis d'aucune sorte, on ne comprend pas des gens comme moi. Vous voudriez tous, sans doute, que je me mêle à votre insouciante compagnie mondaine en jouant, comme vous, le jeu des faux sentiments.

Amanda la regarda avec des yeux ronds.

— Mais, Dina...

Dina s'énervait.

— Laissez-moi continuer. Pourquoi nier que vous et Tony appartenez à un monde radicalement différent du mien ? La visite d'Allison a été, en réalité, une bénédiction du ciel. Elle m'a permis de comprendre que je m'engageais sur une fausse route avec Tony. Nous ne partageons ni les mêmes habitudes de vie, ni les mêmes conceptions...

Cette fois, ce fut au tour d'Amanda de s'irriter :

— Seigneur, Dina ! Ce que vous pouvez être bornée, parfois ! Et, surtout, si sottement orgueilleuse... A vous entendre, vous êtes la seule à porter sur vos frêles épaules le poids du monde.

— Je dis simplement que...

— Mais pour qui vous prenez-vous donc ? s'échauffa Amanda sans prêter attention à l'interruption de Dina. Vous croyez donc que nous ne sommes que de misérables snobs et que vous possédez, seule, le monopole du cœur et de la conscience ?

Elle se leva et arpenta la pièce avec nervosité.

Stupéfaite de cet éclat inattendu, Dina la suivait d'un regard douloureux.

— Et moi ? poursuivait Amanda, comment donc me voyez-vous ? Je n'ose y penser !

Elle ajouta, avec ironie :

— Sans doute ne suis-je à vos yeux qu'une fille de riches qui se prend pour une intellectuelle ? Dans ce cas, vous vous trompez du tout au tout. Comme Tony, j'ai dû lutter âprement avec ma famille pour défendre mon indépendance. Mon père aurait voulu que j'épouse très jeune quelque héritier favorisé tandis que ma mère choisissait déjà les prénoms de mes enfants. J'ai dû me battre pour aller à l'université, me battre encore pour ouvrir mon propre cabinet, sans accepter les privilèges proposés par ma famille... Tandis que vous, petite sotte, vous vous êtes enfermée dans vos conceptions hargneuses de l'existence.

Dina, piquée au vif, se leva elle aussi d'un bond pour affronter Amanda.

— Comment... balbutia-t-elle, le souffle coupé.

Devant son air bouleversé, Amanda se radoucit aussitôt.

— Dina... Tony sait autant que moi les épreuves que vous avez dû traverser. Mais ne croyez pas pour autant qu'elles vous donnent le droit de juger tout le monde avec intolérance. Voilà pourquoi je suis venue vous demander de laisser Tony s'expliquer avec vous. Je sais qu'il vous aime et que votre éloignement le fait souffrir. Ne croyez surtout pas que c'est lui qui m'envoie. Il est trop fier pour cela. Mais j'aime mon frère et connais l'extrême sincérité de ses sentiments. Allison ne compte absolument plus pour lui depuis longtemps.

Butée, Dina détourna les yeux. Amanda était convaincante mais ne parvenait pas, pour autant, à refermer la blessure qui déchirait son cœur. Peut-être, en effet, Dina se montrait-elle parfois un peu trop cassante... Elle le reconnaissait volontiers. Mais cela ne valait-il pas mieux que de se laisser entraîner, à nouveau, dans le piège de l'illusion ?

En réalité, elle se sentait d'une nature trop profonde, trop intense, pour supporter des situations mal définies. Voilà ce qu'elle avait voulu dire en parlant de leur différence de milieux.

Il ne s'agissait nullement d'une attitude de principe mais de la reconnaissance d'un fait indéniable : d'un côté, une vie aisée, sans véritables épreuves pour forger le caractère, de l'autre, une lutte incessante qui, peut-être, créait en effet une tendance au ressentiment mais qui, en tout cas, absorbait toutes les énergies.

L'élégance du comportement était un luxe que Dina n'avait pas le temps de s'offrir...

Amanda comprit qu'il était inutile de poursuivre plus avant la conversation. Pourtant elle posa une main amicale sur l'épaule de Dina et déclara sincèrement :

— Je regrette tous ces malentendus, Dina, et j'espère que le temps nous réconciliera tous les trois. En attendant, n'oubliez pas que je demeure votre amie et que vous pouvez m'appeler dès que vous en aurez envie...

Dina hocha lentement la tête sans bouger.

Elle aurait voulu, bien malgré elle, demander des nouvelles de Tony, savoir où il était, ce qu'il faisait.

Mais sa fierté l'en empêchait.

Deux minutes plus tard, elle entendit la voiture d'Amanda s'éloigner sur la route.

Oui, elle se retrouvait seule, comme elle l'avait voulu.

Si seule...

Chapitre 10

Tony revenait juste d'un long voyage d'affaires dans le Mississippi. Il trouva la cité new-yorkaise plongée dans son agitation coutumière tandis qu'une chaleur lourde, annonciatrice de l'été, enveloppait rues et passants de sa moiteur poussiéreuse.

Il prit à l'aéroport un taxi qui le déposa à l'entrée de son bureau.

Ce bureau qui était presque devenu, depuis sa rupture avec Dina, une sorte de refuge contre les tourments de la solitude.

Malgré l'heure tardive de cet après-midi, Judith, toujours fidèle au poste, l'attendait.

Une fois le gros du travail liquidé, ils en vinrent à aborder des sujets d'ordre plus privé.

Judith observait d'un air préoccupé le visage fatigué de Tony.

Brusquement, elle lança :

— Dites-moi, patron, notre longue amitié

me permettrait-elle de vous faire quelques suggestions ?

Il lui jeta un regard étonné.

— Oui ?

Judith reprit :

— Retournez là-bas.

Tony sursauta, comme s'il avait été piqué par une guêpe. La perspicacité de son assistante le surprendrait donc toujours...

Après un bref silence, il soupira.

— Je suis touché de votre sollicitude que je sais sincère, Judith. Mais il n'y a rien à faire.

— Pas sûr... reprit la jeune femme. J'ai poursuivi mon enquête et retrouvé la trace de l'inspecteur de police chargé d'éclaircir, à l'époque où elle eut lieu, l'affaire du derby.

Brusquement tendu, Tony se pencha vers elle.

— Judith... Vous êtes merveilleuse...

Mais, avec un petit sourire entendu, la secrétaire avoua :

— C'est vrai que je me suis démenée pour trouver ces renseignements enfouis déjà dans l'anonymat du passé, mais Amanda m'a aussi beaucoup aidée.

— Amanda ?

— Vous, les hommes, vous êtes souvent aveugles. Amanda, autant que moi, s'est fait du souci à votre sujet. Il semble d'ailleurs qu'elle se soit prise également de sympathie pour...

Le cœur de Tony battait à tout rompre.

— Dina ?

Le sourire de Judith s'élargit.

— Oui. Dina Harwell.

— Eh bien ?

Tony parvenait mal, à présent, à contenir son impatience.

— Amanda a découvert que certains propriétaires cherchaient, à l'époque, à faire pression sur Calmerson pour qu'il renvoie son entraîneur, Timothy Harwell. En cas de refus, ils s'apprêtaient à intenter un procès pour méthodes illégales d'entraînement...

— Illégales ? Mais, à partir du moment où le doping n'est pas utilisé, chaque propriétaire est libre de faire ce qu'il veut de son cheval, non ?

Judith secoua la tête.

— En principe, oui. Mais, d'après Amanda, le jeune cheval doit d'abord passer certains tests de timing, c'est-à-dire un minutage de son allure, ainsi que d'acclimatation aux conditions de la compétition. Sans cela, le cheval ne peut être inscrit officiellement sur la liste des partants.

Tony, qui fumait très peu, se sentait si impatient et nerveux qu'il alluma une cigarette, l'écrasa, en ralluma une autre, sans même s'en rendre compte.

185

— Est-ce à dire que Timothy Harwell trichait au moment des tests ?

Judith fit aussitôt un signe de dénégation.

— Pas du tout. Seulement, il avait ses... principes. Ainsi, il n'aimait pas forcer le cheval pour le premier timing, afin de réserver sa puissance pour l'heure des véritables compétitions. Il ne s'agissait pas pour lui d'induire les observateurs en erreur. Non ! Simplement, il jugeait bon de ne pas habituer le pur-sang à s'emballer dès qu'il se trouvait sur une piste, compétition ou pas. A l'heure de la course, le jockey pouvait alors lancer sa monture jusqu'à la limite de ses forces sans risquer de les outrepasser.

Mais Tony ne parvenait pas à comprendre.

— En quoi cela était-il répréhensible ?

— Encore une fois, ce ne l'était pas. Mais il devenait ainsi très difficile de juger de la valeur du cheval avant une course. Beaucoup de gros propriétaires sont en même temps les organisateurs d'un réseau de paris dont les bénéfices dépassent toute imagination. Timothy Harwell dérangeait leurs pronostics.

Tony se mit à réfléchir intensément.

— Ainsi, finit-il par déclarer lentement, on pourrait imaginer qu'il y ait eu une fuite, juste avant le derby. Quelques gros propriétaires ont pu être avertis au dernier moment du risque présenté par Vivid Dream qui pouvait bouleverser l'ordre d'arrivée en l'emportant de plusieurs encolures... Il fallait donc l'éliminer radicalement.

Le silence tomba pendant que montait de la rue la rumeur sourde du trafic.

Pour la première fois depuis de longues semaines, Tony avait enfin l'impression de voir le bout du tunnel. Il avait retourné maintes et maintes fois dans sa tête le problème du conflit qui l'opposait à Dina. Il savait bien, en réalité, que l'incident d'Allison Saunders n'avait été qu'un élément parmi d'autres.

En fait, Dina Harwell s'était depuis si longtemps tellement enfermée dans son chagrin et dans le désir de venger son père, qu'il semblait impossible de l'atteindre.

Pourtant, une sourde intuition l'avertissait que la jeune femme l'aimait.

Bien malgré elle, peut-être... Mais elle l'aimait.

Il pianota pensivement sur le bureau pendant quelques minutes, puis reprit :

— Et... l'inspecteur de police ?

— Il a accepté de faire parvenir à Amanda, en tant qu'avocate, un document photographique qui fait partie du dossier de l'enquête. A l'époque, cela n'a pas été suffisant pour prouver l'innocence de Timothy. Aujourd'hui, cependant, à la lumière de ce que nous venons de dire, cette photo peut avoir beaucoup d'importance.

— Amanda...

— Votre sœur m'a téléphoné ce soir. Nous sommes vendredi et, justement, elle serait heureuse de vous rencontrer à Lexington pour le week-end. Sans doute aura-t-elle reçu la photo d'ici là.

Retourner dans le Kentucky...

C'était un désir qui tenaillait Tony depuis de longues semaines. Mais, jusque-là, il n'avait pas voulu céder à la tentation de revoir Dina.

Il avait trop peur de tout compromettre...

Régulièrement, Amanda le tenait au courant par téléphone des progrès de l'entraînement. Depuis quelque temps, Dina faisait courir, comme prévu, Vengeur sur les pistes de Keeneland où Amanda s'était postée, en observatrice, non pour l'épier mais pour rassurer son frère.

Justement, l'épreuve du timing avait eu lieu huit jours plus tôt. Elle s'était soldée par un résultat satisfaisant, bien que non exceptionnel.

A ce moment-là, Tony en avait éprouvé une sorte de déception. Il s'était souvenu de l'accord passé avec Dina : si les premiers résultats n'étaient pas bons, elle devrait accepter de céder la place à un autre entraîneur.

Mais, à présent, il comprenait mieux les méthodes de la jeune femme.

Comme son père, elle avait dû demander au jockey de ne pas pousser le pur-sang.

Dans moins de trois semaines, la course de Bashford Manor allait avoir lieu.

Avec un jeune cheval comme Vengeur qui n'avait pas fait ses preuves, les paris seraient évidemment nuls. Voilà l'effet de surprise que Dina leur réservait à tous.

Pour venger son père...

Un soudain flot de colère courut dans les veines de Tony.

Il serra les poings, furieux de s'être laissé, lui aussi, tromper par la jeune femme.

Pourquoi ne lui avait-elle pas fait confiance ?

Pourquoi ne l'avait-elle pas mis dans la confidence ?

Car la manœuvre était risquée. Et Timothy Harwell en avait fait lui-même les frais.

Quand Judith eut enfin quitté la pièce, Tony décrocha son téléphone et appela Amanda.

Il mourait d'impatience de voir enfin cette photographie qui, peut-être, éclaircirait définitivement le mystère Harwell...

Le lendemain matin, de bonne heure, Dina, assise sur les gradins de Keeneland, observait Vengeur à la jumelle.

Depuis l'épreuve du timing, Vengeur courait tous les matins pour s'habituer aux circuits des pistes. Sa foulée, ample, magnifique, témoignait de l'admirable puissance de sa musculature.

Mais, mieux que quiconque, Dina savait que le cheval n'en était encore qu'à ses plus timides démonstrations.

Dès le lendemain du timing, en effet, la jeune femme avait répété inlassablement à Jim Owens, le jockey dont elle avait loué les services :

— Allez-y doucement, Jim. Surtout, ne le forcez jamais...

Le jeune garçon avait essayé de protester :

— Mais, mam'zelle Harwell, il faudra bien un jour ou l'autre le lancer pour de bon. Sinon, on ne saura jamais ce qu'il est capable de faire !

— Inutile, avait fermement répondu Dina. Je le connais. Si on le fatigue trop tôt, il s'habituera à la vitesse et ne saura plus économiser ses forces au début de la course.

Et, amusée de l'étonnement du jockey devant sa détermination, elle ajouta gentiment :

— Voyez-vous, Jim, la vitesse, pour un cheval, c'est un peu comme l'alcool pour les hommes. Quand on connaît l'ivresse, on ne peut plus s'en passer. Et les résultats, chez l'un comme chez l'autre, s'en ressentent !

Le jeune homme avait respectueusement touché sa casquette en signe d'obéissance, puis s'était éloigné, de sa démarche balancée.

A présent, Dina constatait qu'il suivait scrupuleusement ses recommandations. Vengeur courait vite, sans trop en faire.

Elle était satisfaite aussi du calme du jeune cheval lors de chaque départ. Grâce à l'accoutumance aux stalles qu'elle avait su lui inculquer dès le début, il ne s'effrayait ni ne s'agitait, contrairement aux autres pur-sang, au moment de l'alignement initial.

Les pensées de Dina s'échappèrent alors vers une autre direction. Une bonne centaine de fois par jour, malgré tous ses efforts, le souvenir de Tony revenait la hanter.

Elle se doutait bien qu'il était tenu au courant des progrès de Vengeur par l'inter-médiaire d'Amanda qu'elle avait remarquée une ou deux fois dans les gradins pendant l'entraînement.

La jeune avocate n'avait d'ailleurs pas cherché à dissimuler sa présence. Mais Dina était résolue à ne pas l'aborder.

Non pas tant parce qu'elle lui en voulait — son ressentiment à son égard, en effet, s'était évanoui — mais surtout parce qu'elle crai-gnait avec elle d'évoquer Tony.

Ah ! Elle aurait voulu qu'il disparût à jamais de ses pensées. Bien sûr, elle savait qu'ils demeuraient associés et que les progrès de Vengeur le concernaient autant qu'elle. Mais pourquoi donc avait-il tout gâché en affectant dès le début des sentiments qu'il était loin d'éprouver ? se demandait inlassablement Dina.

Sammy téléphonait une fois par semaine à la secrétaire de Tony pour un rapport laconique sur l'entraînement de Vengeur. Cela faisait partie du contrat et Tony devait être tenu au courant.

Dans trois semaines, allait se dérouler l'épreuve tant attendue de Bashford Manor. C'est alors, et seulement alors, que Vengeur pourrait révéler la toute-puissance de son talent.

Et emporter sa qualification pour le derby.

Car il gagnerait la course, Dina en était sûre !

Au même moment, près des écuries, une conversation à voix basse rassemblait trois hommes. Deux étaient grands et de forte carrure. Le troisième, petit, portant une casquette, parlait avec un fort accent du Sud.

— Ne faites pas ça... dit-il d'un ton suppliant. Vous n'avez pas le droit.

L'un des deux autres l'interrompit sèchement.

— Ce que nous avons ou non le droit de faire ne te regarde pas.

— Mais...

L'homme reprit :

— Tu feras exactement ce qu'on te dira. Comme la dernière fois.

Le petit homme à la casquette essaya encore de protester.

— Vous ne savez même pas ce que le cheval vaut... Vous avez vu son timing ? Il n'est pas bon...

Ses deux interlocuteurs éclatèrent d'un rire méprisant.

— Tu ne nous auras pas ! Nous connaissons les méthodes d'Harwell. Le pur-sang est un champion, cela se voit tout de suite. Voilà pourquoi nous ne prendrons pas de risques.

— Mais je ne veux pas que vous la détruisiez comme vous avez détruit son père !

Il y eut un petit silence chargé de menaces puis une voix rude fusa, cinglante :

— On t'a déjà dit que tu n'avais pas le choix. Sinon, ton fils retournera en prison...

Et les deux hommes plantèrent là le troisième qui s'appuya, à bout de forces, contre la porte d'un box.

Comme plusieurs années auparavant, le piège se refermait sur lui...

L'avion de Tony atterrit peu après midi à Lexington.

Amanda l'attendait à l'aéroport et tous deux allèrent déjeuner dans un restaurant de la ville.

Amanda fut frappée par l'expression abattue et par les traits creusés de Tony.

Ils s'installèrent à une table tranquille et la jeune avocate saisit affectueusement la main de son frère.

— Ne t'inquiète pas, Tony. Dina reviendra sûrement à de meilleures dispositions.

Le jeune homme pinça les lèvres.

— Il faudrait pour cela que je me transforme en Père Noël déposant à ses pieds la réalisation de ses désirs les plus chers... Demander... Exiger... Voilà tout ce qu'elle sait faire ! conclut-il avec rancune.

Amanda esquissa un sourire de compréhension.

— Certes, j'ai eu, moi aussi, l'occasion de constater son obstination, observa-t-elle. Mais il faut la comprendre, Tony. Toute sa vie a été brisée par ce scandale.

Ils s'interrompirent lorsque le maître d'hôtel apporta leur commande.

Puis Tony reprit d'une voix impatiente :
— Tu as la photo ?

Amanda sortit de la serviette qui l'accompagnait toujours une longue enveloppe.

— Je l'ai reçue ce matin. L'inspecteur Parker n'a pas fait trop de difficultés pour me l'envoyer. Mais cela ne constituera sûrement pas une preuve suffisante. Il faudra lutter encore longtemps pied à pied pour réunir suffisamment d'indices et accuser les vrais coupables.

D'une main fébrile, Tony prit l'enveloppe et l'ouvrit.

Il en sortit une photo en noir et blanc qui lui glaça immédiatement le sang.

Le cliché avait été pris le jour du derby et montrait trois hommes en grande conversation...

Sans doute un journaliste, effectuant un reportage sur la course, avait-il saisi cet instantané pour illustrer son article.

L'un des trois hommes était Calmerson. Le second, un des plus riches propriétaires de l'Etat, connu pour son extrême habileté dans l'organisation des paris.

Plusieurs fois, la police de Lexington avait essayé de démontrer qu'il n'était pas toujours régulier.

Mais la loi du secret était si forte dans le milieu des courses qu'il avait été jusqu'ici impossible de prouver sa culpabilité.

Le troisième homme, petit et portant casquette, était Sammy Regan.

Or Sammy avait toujours nié, lors de l'enquête, avoir eu de quelconques rapports avec les propriétaires de chevaux concurrents.

Quel mystère cela cachait-il donc ?

Sammy... Le fidèle assistant de Timothy Harwell, l'ami dévoué de Dina ?

Se pouvait-il qu'il ait pris part, lui aussi, à cette machination ?

Chapitre 11

En s'éveillant ce matin-là, Dina sentit une étrange excitation la gagner. Dans vingt-quatre heures, ce serait le coup d'envoi pour la course tant attendue.

Sur les insistances d'Amanda qui l'avait appelée à plusieurs reprises au téléphone, Dina avait finalement consenti à déjeuner avec Tony et elle afin de mettre au point les derniers préparatifs avant la course.

Bien qu'elle ne voulût pas se l'avouer, l'idée de revoir Tony la bouleversait. Elle essayait bien de se répéter que, depuis leur rupture, il s'était probablement consolé avec une nouvelle conquête...

Mais la morsure de la jalousie qui, aussitôt, lui blessait le cœur, disait assez qu'elle n'avait pas fini d'aimer Tony.

Il fallait à tout prix réussir à cacher son trouble...

Réussir à se défendre contre la séduction irrésistible qu'il exerçait encore sur elle...

Après avoir pris une douche très chaude pour délasser ses nerfs crispés, Dina rendit visite à Vengeur. Sammy était déjà arrivé et préparait le cheval pour une promenade dans les collines. Aujourd'hui : pas d'entraînement... Le cheval devait économiser son énergie, sans pour autant, bien sûr, se scléroser. Une fois la promenade achevée, il serait laissé en liberté dans le paddock puis conduit au box que l'on avait réservé pour lui à Keeneland.

Quand elle revint à la maison, une heure plus tard, Dina se versa une tasse de café et se plongea dans une longue méditation.

Si, comme elle l'espérait, Vengeur gagnait la course, il lui faudrait encore plus d'une victoire avant de se présenter au derby. Dina avait déjà passé en revue les autres compétitions de la saison et choisi les plus performantes selon un programme qui ne risquait pas pour autant de surmener dangereusement le pur-sang.

Assise, songeuse, dans le fauteuil à bascule du perron de bois, elle ne vit pas arriver Sammy dont la voix la tira brusquement de ses pensées.

— Mam'zelle Harwell...

Elle leva les yeux et constata pour la première fois que le vieil homme avait une expression triste et abattue. Ces derniers temps, pensa-t-elle, il ne s'était pas ménagé,

accompagnant Dina tous les jours à Keeneland, réglant les détails pratiques avec Jim
Owens, le jockey, prodiguant partout bons
conseils et assistance. Un élan d'amitié
poussa la jeune femme à bondir sur ses pieds
pour embrasser ce fidèle partenaire de tous
les instants.

— Vous semblez épuisé, Sammy. Entrez...
Je vous sers une tasse de café.

Mais, tournant maladroitement sa casquette entre ses doigts, il resta figé sur le
perron, semblant chercher en vain à expri-
mer quelque chose.

— Ecoutez... commença-t-il finalement, je
ne crois pas que Vengeur soit prêt pour
l'épreuve de Bashford Manor... C'est encore
trop dur pour lui. Il est jeune et...

Sidérée, Dina le dévisagea.

— Mais... Sammy... Que voulez-vous
dire ? Nous sommes à la veille de la course et
vous avez répété vous-même maintes fois
que...

— Possible ! interrompit Sammy avec
mauvaise humeur. Mais j'ai changé d'avis.
Vous feriez mieux de suivre mes conseils,
mam'zelle, sans quoi il pourrait arriver un
malheur...

Stupéfaite, Dina cherchait à comprendre
ce que ce brusque retournement signifiait.

— Voyons, Sammy... De quoi parlez-
vous ? Vous savez comme moi que Vengeur,

tout comme Vivid Dream, courra comme l'éclair demain. Nous l'avons parfaitement entraîné et, d'autre part, ses forces ont été suffisamment économisées pour qu'il ne risque rien.

Mais Sammy, le visage buté, s'entêtait.

— J'ai examiné ses pattes tout à l'heure. Il a un durillon au-dessus du sabot antérieur gauche. Faut croire qu'il s'est froissé un muscle ou qu'il s'est cogné dans son box.

Mais Dina ne s'émut pas outre mesure.

— Je sais, fit-elle. Je l'ai constaté moi-même ce matin. Mais cela n'a rien d'inquiétant. Il faut surveiller l'évolution de sa patte, naturellement, mais ce genre de petit incident arrive fréquemment à un jeune cheval. Cela ne le gênera en rien pour la course de demain. Je crois tout simplement qu'il s'agit d'une petite irritation superficielle de la peau. Le Dr Sansen...

— Sansen ! s'exclama Sammy.

Il cracha par terre son éternel vieux mégot, qu'il écrasa rageusement du talon, avant de poursuivre :

— Il se fait vieux, Sansen ! L'autre jour, une pouliche de l'écurie Robinson a accouché d'un poulain mort-né parce qu'il n'a pas su intervenir en temps voulu !

Dina soupira. Elle cherchait à mettre la mauvaise humeur de Sammy sur le compte de la fatigue mais demeurait surprise et désorientée. Jamais le vieil homme n'avait manifesté de tels sautes d'humeur. C'était bien le moment, juste avant la course !

Soudain, en un éclair, elle crut comprendre.

Elle savait que Sammy avait un fils qui lui donnait bien du fil à retordre. Accusé de vol de voitures, quelques années auparavant, il s'en était tiré sans trop de mal, une forte caution ayant été payée pour sa libération. Se pouvait-il qu'aujourd'hui encore, il s'acharne une nouvelle fois à briser le cœur de son vieux père en recommençant ses frasques ?

Dina prit affectueusement la main de son ami de toujours et murmura doucement :

— Sammy... Ne vous inquiétez pas. Quels que soient vos ennuis présents, nous devons nous épauler vous et moi comme nous l'avons toujours fait...

Mais, à sa stupéfaction, Sammy dégagea brutalement sa main.

— Vous ne comprenez pas ! cria-t-il, hors de lui. J'essaie de vous mettre en garde mais vous vous entêtez, comme votre père ! S'il vous arrive quelque chose, je vous aurai prévenue !

Et, tournant les talons, il s'éloigna rapidement.

Les jambes molles, Dina se rassit dans le fauteuil. Jamais elle n'avait vu Sammy dans un tel état. De quelles menaces, de quels dangers parlait-il donc ?

Et pourquoi avait-il, contre toute attente, fait allusion à Timothy et à son prétendu entêtement ?

Sammy savait-il donc quelque chose qu'il ne lui avait jamais confié ?

Tourmentée, la jeune femme se pressa douloureusement les tempes. Brusquement, elle avait hâte de retrouver Amanda et Tony.

Mais que pourrait-elle bien leur dire ?

Sans doute, insouciants comme elle les croyait, attribueraient-ils l'éclat de Sammy à quelque crise passagère... Sammy — ne le leur avait-elle pas dit elle-même ? — avait mené une existence laborieuse et difficile. Au soir de sa vie, il pouvait arriver qu'il se sentît parfois amer et déçu.

Mais l'intuition de Dina l'avertissait qu'il se tramait autre chose...

Et, comme toujours depuis de si longues années, elle se sentit affreusement seule.

Quand il la vit arriver, vêtue d'un jean vert pâle et d'un chemisier assorti qui mettait admirablement en valeur l'or sombre de ses cheveux et l'éclat de jade de ses yeux, Tony pensa que Dina était sans doute la femme la plus belle qu'il lui avait été donné de connaître. Sa beauté n'était pas seulement formelle mais aussi... en quelque sorte, intérieure. Le port gracieux de sa tête, l'élégance féline de sa démarche et l'expression à la fois grave et attentive de son visage, témoignaient à eux seuls de la rectitude un peu orgueilleuse de son caractère mais aussi de sa sensibilité d'écorchée vive.

Il se leva de la table qu'il avait réservée dans l'un des meilleurs restaurants de Lexington et se força à sourire d'un air strictement amical.

— Dina... Je suis heureux de vous revoir.

C'était une phrase banale, bien sûr, mais qui, pour lui, résonnait d'un sens tout particulier.

Elle posa sur lui un regard un peu froid et répondit sur le même ton :

— Moi aussi, je suis heureuse de vous revoir, monsieur Chandlor.

Il reçut cet accueil comme une gifle, se sentit blessé au plus profond de son être. Aussitôt, son expression se durcit.

Mais Amanda, présente elle aussi, veillait...

Elle perçut la tension qui s'élevait entre son frère et Dina et jugea bon d'intervenir d'une voix apaisante :

— Asseyez-vous, Dina. Tony et moi parlions justement de Vengeur. Nous avons toute confiance en son talent. Il gagnera demain, j'en suis sûre !

Dina lui jeta un regard reconnaissant et

s'assit à la table. Quand ils eurent tous trois commandé leur déjeuner, Amanda reprit :

— Et, après Bashford Manor, quelles courses retenez-vous pour lui ?

Heureuse de voir la conversation prendre une tournure tout à fait professionnelle, Dina déclara avec fermeté :

— J'ai pensé à l'épreuve du Flamingo, en Floride. C'est une compétition très prisée. Puis il y aura Hoover Stakes, dans l'Ohio, en août. Et, peu de temps après, Perryville Stakes, une autre course très suivie par les spécialistes. Si Vengeur, comme je le crois, gagne les trois, il sera qualifié pour le derby de l'année prochaine.

Elle avait dit cela avec une conviction telle que Tony sentit un flot d'émotion chasser son premier accès d'irritation. En réalité, il avait eu, dès le premier instant où elle était apparue, une folle envie de la prendre dans ses bras. Mais la froideur un peu hautaine de la jeune femme avait eu, une nouvelle fois, raison de sa spontanéité.

Tandis qu'ils déjeunaient en continuant de parler des futurs exploits de Vengeur, il observait la jeune femme à la dérobée et nota l'extrême lassitude de ses traits. Des cernes violacés creusaient ses yeux ; les belles lèvres pleines avaient un pli amer.

Il se doutait que Dina avait dû affronter une vie plutôt solitaire à la ferme. Mais, aussi, son stupide entêtement n'en était-il pas l'unique cause ?...

Aussitôt, il se reprocha son intolérance. Amanda avait raison : Dina luttait contre trop de choses à la fois pour se permettre de considérer la vie avec légèreté. Maintes fois, pourtant, il lui avait affirmé son amour et le désir qu'il avait de partager avec elle soucis et espoirs.

Mais elle ne l'avait pas écouté et, plus que jamais, à présent qu'il la voyait si lasse, si tourmentée, il le regrettait de tout son cœur.

Quand on eut apporté les cafés, il se décida alors à aborder le sujet qui l'obsédait depuis le début du repas.

— Dina... demanda-t-il à brûle-pourpoint. Saviez-vous que Sammy connaissait Copeland ?

Saisie, la jeune femme le dévisagea.

— Mais... non ! Je me souviens même qu'il a farouchement nié avoir rencontré un propriétaire concurrent avant la course.

— Pourtant, poursuivit Tony calmement, c'est le cas. Sammy connaissait Copeland, lequel, comme vous le savez sans doute, était l'ennemi juré de votre père.

Dina se raidit.

— Impossible ! lança-t-elle avec force. Je ne connais personne de plus dévoué, de plus honnête que Sammy Regan ! Quand mon père a été radié de l'ordre des entraîneurs et rejeté par tous, c'est le seul qui soit demeuré à ses côtés...

Amanda leva une main dans un geste d'apaisement.

— Nous n'en doutons pas, Dina. Cependant Tony et moi avons mené une petite enquête...

Aussitôt, Dina sentit son cœur bondir dans sa poitrine. Alors qu'elle croyait Tony en train de se divertir dans des soirées mondaines avec quelque jolie fille de son milieu, il avait en réalité continué de penser à elle et... mené une enquête !

Timidement, elle leva lentement les yeux vers lui : il l'observait attentivement. Elle lut dans son regard une telle charge de tendresse qu'elle se sentit aussitôt défaillir. Non... se répéta-t-elle pour endiguer le flot d'émotion qui la parcourait. Ce n'était pas possible. L'amour qu'elle déchiffrait dans son regard devait être une illusion, un rêve dangereux !

Mais, quand il lui sourit, Dina sentit toute réticence l'abandonner. Troublée, elle baissa les paupières et sentit sa bouche trembler. Brusquement, toute l'accumulation de rancœurs et de fatigues de ces derniers temps remontait à la surface. Elle n'éprouvait plus qu'une envie : se jeter dans ses bras et lui demander protection et réconfort.

Serrant les poings sous la table pour

retrouver la maîtrise d'elle-même, elle prononça d'une voix blanche :

— Une enquête ? Mais... que voulez-vous dire ?

Tony avait parfaitement noté le trouble qui s'était emparé de la jeune femme. Il sut alors en un instant qu'elle l'aimait toujours...

Posément, il expliqua :

— C'est vrai, Dina. Et je dois dire qu'Amanda a démontré d'extraordinaires talents de détective. Voici ce qu'elle a déniché...

Il lui tendit la photo...

Un long silence s'écoula pendant que Dina contemplait fixement le cliché des trois hommes. Elle refusait de comprendre, refusait d'affronter une réalité par trop douloureuse.

Finalement, elle rendit la photo à Tony et déclara d'une voix lente :

— Peut-être... Peut-être bien qu'au fond, je le savais...

Etonnés, Amanda et Tony la regardèrent.

— Oui, poursuivit Dina, heureuse enfin de pouvoir se confier, depuis quelque temps certains détails me sont revenus à l'esprit. A l'époque du derby, papa avait eu maille à partir avec Copeland et craignait quelque machination de sa part. Mais, quand le scandale est arrivé, alors que je le savais évidemment innocent, il n'a voulu accuser personne. Pourtant, intimement, il me semblait qu'il savait quelque chose. J'en ai alors confusément conclu qu'il cherchait à protéger quelqu'un. Mais... qui ?

Puis elle relata à ses amis l'incident de la matinée avec Sammy. Brusquement, une vérité se faisait jour dans sa tête.

Plusieurs années auparavant, juste au moment de la course précisément, quelqu'un avait payé une forte caution pour libérer le fils de Sammy. Quelqu'un... de riche, et de puissant, était intervenu. Se pouvait-il que cette personne ait alors conclu un marché avec Sammy ?

— Copeland... murmura Amanda. Voilà longtemps que la police cherche à le coincer mais il s'en sort toujours.

Abattue, Dina ne parvenait plus à refouler ses larmes : elle venait de comprendre brusquement qu'elle perdait le seul soutien qu'il lui restait : Sammy, son plus fidèle ami...

Par-dessus la table, Tony lui saisit alors la main et, cette fois, Dina ne songea même pas à lui résister.

— Dina, ma chérie. A présent, c'est une question de jours. Amanda et moi parviendrons à dénoncer les coupables et à réunir suffisamment de preuves pour innocenter votre père, je vous le jure ! En attendant, il faut nous faire confiance...

Dina hocha la tête lentement. Malgré sa tristesse, une chaleur nouvelle venait enfin chasser le poids accablant de ses soucis.

Tony, qu'elle avait toujours repoussé, dont elle avait nié l'amour, était là pour l'aider.

Bouleversée, elle plongea son regard brouillé de larmes dans le sien. Après un long silence, elle bredouilla enfin :

— Tony... Amanda... Pardonnez-moi pour tout ce que j'ai pu vous dire. Je ne savais pas que...

— Inutile de vous justifier, chère Dina, intervint Amanda. Tony et moi avons parfaitement compris votre attitude. Même si...

Elle se tourna avec un demi-sourire vers son frère qui, ému jusqu'au fond de l'âme, gardait les yeux rivés sur ceux de Dina.

— ... Même si, poursuivit-elle doucement, vous n'avez pas été la seule à pâtir de tous ces malentendus...

Un soleil rose descendait lentement derrière les collines et allumait des feux pourpres sur les prairies et les bois.

Tendrement enlacés, Tony et Dina reposaient, encore étourdis d'amour et de plaisir, sur le divan de la grande salle. Un feu de bois crépitait joyeusement dans la cheminée et les merles, enhardis par la fièvre du printemps qui revenait réveiller la terre, croisaient les arabesques mélodieuses de leurs trilles.

Après le déjeuner, Amanda était retournée à son cabinet ; Tony et Dina avaient pris en silence le chemin de la ferme. Ils n'éprouvaient ni l'un ni l'autre l'envie de parler, trop bouleversés de redécouvrir la force de leur amour, intacte, comme au jour de leurs aveux...

Après avoir garé la Mercedes devant la maison, pris d'une brusque impulsion, Tony avait soulevé Dina de terre pour lui faire franchir le seuil en la portant dans ses bras.

Docile, abandonnée, elle l'avait regardé en silence préparer le feu. Puis il l'avait à nouveau prise dans ses bras pour la déposer sur le divan de l'alcôve.

Lentement, délicatement, il s'était alors serré contre elle et l'avait couverte de baisers de plus en plus passionnés. C'était comme si tous deux se redécouvraient, comme s'ils exploraient pour la première fois leurs corps vibrant de désir...

Bientôt, peau contre peau, bouche contre bouche, ils basculèrent dans un torrent de passion.

Dina gémit et le bonheur fou qui traversait son corps lui sembla presque douloureux... Quand Tony la posséda, elle cria son nom. Puis le plaisir les emporta en même temps pour les laisser, brisés, comblés, sur les rivages de l'indicible douceur de vivre.

A présent qu'ils demeuraient étendus paisiblement l'un contre l'autre, ils savaient tous deux que, plus jamais, le doute ne viendrait les séparer.

Tony leva la tête et contempla longuement Dina.

— Je t'aime...

Elle n'eut même pas la force de parler.

Mais, déjà, il couvrait sa bouche de baisers.

— Je t'aime... répéta-t-il.

Dans la cheminée, une bûche éclata en une cascade de pétillements.

Dehors, toute la paix du monde descendait, avec le soir, sur les collines, apportant avec elle les promesses éternelles de la réconciliation...

Chapitre 12

Vengeur gagna la course de Bashford Manor de plusieurs foulées...

Les parieurs furent stupéfaits : ce jeune pur-sang n'avait pourtant, selon les observateurs, révélé aucun talent particulier lors de l'entraînement...

Le nom de Timothy Harwell fut sur toutes les lèvres et Dina, ivre de joie, comprit alors que sa mission était enfin remplie.

Certes, il restait à prouver que son père avait été victime d'une machination mais le destin, seul, s'en chargea.

Une heure après la fin de la compétition, on découvrit Sammy Regan inanimé près des écuries. Transporté à l'hôpital, on diagnostiqua un grave traumatisme crânien qui, heureusement, ne mettait pas les jours du vieil homme en danger.

Alerté par Amanda, l'inspecteur Parker vint enquêter à Keeneland même et, après de nombreux interrogatoires, put rassembler quelques témoignages accablants pour Copeland.

Une heure avant la course, on l'avait vu s'entretenir furieusement avec Sammy Regan... Puis un lad l'avait entendu, sans y prêter attention sur le moment, donner des ordres à son assistant.

— Si Regan n'obéit pas, avait-il déclaré, tu sais ce qui te reste à faire...

Tony et Dina s'étaient employés, juste avant le départ de l'épreuve, à ne pas quitter Vengeur une seule seconde.

Ils craignaient trop, une nouvelle fois, une manœuvre risquant de le faire accuser, comme Vivid Dream, d'avoir été dopé.

En réalité, Sammy, fou de chagrin, n'avait pas suivi les ordres de Copeland. Il savait pourtant ce qu'il risquait. Mais le chantage avait assez duré.

Quand il fut enfin en état de parler, il dénonça les manœuvres de Copeland qui, quelque temps plus tard, grâce à l'accumulation des preuves retenues contre lui, fut arrêté.

Le fils de Sammy parla également. Il avoua que Copeland avait payé sa caution pour le libérer de prison. Il informa également la police que, depuis lors, Copeland le menaçait de révéler d'autres délits pour le faire incarcérer à nouveau si son père n'obéissait pas.

Dans le milieu des courses, ce fut la stupeur générale...

La presse ne se retint pas de divulguer l'événement à travers tout le pays et, bientôt, de nombreux amis et alliés qui, autrefois, avaient entouré Timothy Harwell vinrent présenter à sa fille leurs regrets de s'être laissé abuser par un pareil complot.

Quand il fut un peu rétabli, Sammy Regan accepta que Dina lui rendît visite à l'hôpital.

— Me pardonnerez-vous jamais, mam'zelle Harwell? avait-il balbutié d'un air malheureux.

La détresse du vieil homme bouleversa la jeune femme.

Aussitôt, elle prit sa main et la porta tendrement à ses lèvres.

— Tout est effacé, Sammy. Peut-être auriez-vous dû me faire davantage confiance. Mais je sais maintenant que mon père lui-même, s'il vous voit, vous a déjà pardonné...

Quelque temps plus tard, Tony annonça à Dina que ses parents tenaient absolument à la rencontrer.

Un peu gênée d'affronter ainsi le clan Chandlor au complet, elle sentit ses inquiétudes tomber d'un seul coup lorsque Adam Chandlor, le père de Tony, la prit sans plus de manières dans ses bras pour l'embrasser.

— Nous serons votre nouvelle famille, Dina...

Pour Tony, ces paroles scellaient en même temps sa réconciliation avec ses parents.

Son regard croisa alors celui d'Amanda.

— C'est la cause la plus agréable qu'il m'a jamais été donné de plaider... murmura la jeune femme en lui adressant un clin d'œil complice.

Et elle éclata d'un rire joyeux.

Ce livre de la *Série Harmonie* vous a plu. Découvrez les autres séries Duo qui vous enchanteront.

Coup de foudre, une série pleine d'action, d'émotion et de sensualité, vous fera vivre les plus étonnantes surprises de l'amour.

Série Coup de foudre : 4 nouveaux titres par mois.

Désir, la série haute passion, vous propose l'histoire d'une rencontre extraordinaire entre deux êtres brûlants d'amour et de sensualité. *Désir* vous fait vivre l'inoubliable.

Série Désir : 6 nouveaux titres par mois.

Amour vous raconte le destin de couples exceptionnels, unis par un amour profond et déchirés par de soudaines tempêtes. *Amour* vous passionnera, *Amour* vous étonnera.

Série Amour : 4 nouveaux titres par mois.

Série Harmonie : 4 nouveaux titres par mois.

MURIEL BRADLEY
Les orchidées
du Pacifique

Entre deux orages...

– Regarde ce paysage! N'est-ce pas magnifique?
– Certes, répond Jennifer à sa sœur.
Mais je te l'ai déjà dit, ma vie
n'est pas ici.

Jennifer Beldon habite sur le continent
américain. Si elle est revenue dans
l'archipel hawaïen, c'est avec un seul but:
régler une affaire de famille et repartir
aussitôt.

Mais, très vite, elle se heurte à la puissance
d'un richissime homme d'affaires.

Et Jack Mc Henry est un adversaire
d'autant plus redoutable qu'il exerce sur elle
une immense fascination...

Série Harmonie

LYNDA TRENT
Les ombres de minuit

Les clefs d'un secret

Jane Vaughn est persuadée qu'elle
vient simplement de faire son métier
en saisissant la voiture d'un homme
couvert de dettes.

En fait, il s'agit d'une grossière erreur...

Des excuses suffiraient à faire oublier
l'incident, à tourner la page,
à noyer cet après-midi dans le flot
des bons et des mauvais jours. Seulement
voilà : à l'occasion de cette méprise,
Jane vient de rencontrer le très
mystérieux Frank Malone.

Et rien, jamais, ne sera plus
comme avant...

DUO *Série Harmonie*

BROOKE HASTINGS
Rêves d'or

Les jeux
étaient-ils faits ?

Au détour de sa vie professionnelle,
Laura Silver découvre, avec émoi,
le charme captivant de Gregory Steiger.

De son côté, Gregory donnerait
volontiers tout ce qu'il possède pour prendre
Laura dans ses bras et dissiper le nuage
qui obscurcit son regard.

Mais elle repousse cet homme qui,
pourtant, la trouble comme aucun autre.

Nous n'aurions jamais dû nous connaître,
se dit-elle.

Son cœur a ses raisons que sa raison approuve.
Mais pour combien de temps ?

Série Harmonie

Ce mois-ci

Duo Série Coup de foudre

Duo Série Désir

Duo Série Amour

Achevé d'imprimer sur les presses de l'Imprimerie Bussière
à Saint-Amand-Montrond (Cher)
le 22 avril 1985. ISBN : 2-277-83062-3. ISSN : 0763-5915
N° 618. Dépôt légal : avril 1985. Imprimé en France

Collections Duo
27, rue Cassette   75006 Paris
diffusion France et étranger : Flammarion